浙江少年文学新星丛书·第六辑

海飞 主编

那无垠的田野

余皓宇 著

吉林文史出版社
JILINWENSHICHUBANSHE

图书在版编目（CIP）数据

那无垠的田野 / 余皓宇著 . -- 长春 : 吉林文史出版社, 2019.11（2022.2）
ISBN 978-7-5472-6698-4

Ⅰ．①那… Ⅱ．①余… Ⅲ．①中国文学－当代文学－作品综合集 Ⅳ．①I217.2

中国版本图书馆 CIP 数据核字（2019）第 250276 号

那无垠的田野
NAWUYINDETIANYE

著　　者：余皓宇
责任编辑：柳永哲
封面设计：四川悟阅文化传播有限公司
出版发行：吉林文史出版社有限责任公司
地　　址：长春市净月区福祉大路 5788 号　　邮编：130118
电　　话：0431-81629363（总编室）　　0431-81629372（发行科）
网　　址：www.jlws.com.cn
印　　刷：三河市嵩川印刷有限公司
经　　销：全国新华书店
开　　本：210mm×145mm　1/32
印　　张：6.75
字　　数：119 千字
版　　次：2020 年 1 月第 1 版　2022 年 2 月第 2 次印刷
定　　价：36.00 元
书　　号：ISBN 978-7-5472-6698-4

印装错误可与印刷厂联系退换。

　　2006年出生，目前就读于杭州市学正中学初中一年级，家乡坐落在美丽的千岛湖畔。从小就喜爱阅读，常常因此而废寝忘食。想象力丰富，爱写写画画，好摄影，爱旅游，喜欢音乐等。曾多次获得班级、校级作文比赛一等奖以及一次县级征文比赛一等奖。擅长写故事类和科幻类题材。喜欢小动物和自然风光。架子鼓四级、绘画四级。

书法大师程毅强为我题字

农庄瓜果飘香

千岛湖珍珠广场

和妈妈在齐云山顶

图书馆

寒假上山采薏苡

架子鼓考级证书来了，还是优秀学员

橘园摘橘子

快来采野草莓

游安徽璜尖岭

千岛湖马术公园，第一次骑马有点小紧张！

家乡的溪水，记忆中的水上"乐园"

玩卡丁赛车

过年了，长高了！

　　研习中国语言文学的多年里，我写过很多文字，有诗歌、散文、小小说、古诗、文言文等，却是头一次应邀为人写序。初次提笔，甚感为难，不知道是否要将我眼中的"大文豪"像珍藏许久的宝贝一样分享给大家？害怕别人不喜欢，我之蜜糖，他之糟糠；害怕别人太喜欢，将我这份潜藏的珍贵抢夺了去。

　　初次发现小宇同学的异样之处，是七年级刚接手班级的时候。晚自习本是课业整理的时间，其他同学都在为家庭作业而奋力苦战，唯有他，独自捧着一本《朝花夕拾》津津有味地研读着。本以为他是为了偷懒，不想动笔写作业，才选择沉浸在名著阅读中。直到当周的周记交上来，一篇《中秋杂感》，无论是言语论调还是深层思索，字里行间都裹挟着一股浓浓的鲁迅风味。惊讶于小小年纪的他，怎会将世事看得如此透彻，从欢快的晚宴气氛中嗅到诗词歌赋里的乡愁。沉着而冷静的叙事笔调，回乡的主题，分明是绍兴小镇成长起来的那个人独有的气息。而写出这篇周记的千岛湖少年，随后也用他的文笔将自身的才华展露无遗。对于我每次习作给出的"刁难"，他总能自如应对：将文言文《狼》改编为白话文、将散文《散步》改写为现代诗歌、将日常生活的记事写成文言文等。每次出手，必属精品，以至于拿到作品的我甚至会去隔壁班高声叫卖："我的宝藏男孩余大师又出新作了，有谁想提前观赏的？"一个个举起的手，一声声叫嚷的"我我我"，都是对其才华的肯定。

　　偶然见到教研群里发的通知，鼓励教师推荐有写作才能的学生参加《浙江少年文学新星丛书》的征稿，按捺不住内心喜悦的我最终决定去探这一回险了。拿到文稿的时候，既有惊讶又有叹服。在这一本书里，你能看到一个小学生寄情山水时的情趣游思，采撷书趣时的人生感悟，逢年过节时对风物民俗的深情描绘，也能看到一个初中生在学习中思辨、在烦恼中成长、在欢声笑语和跌跌撞撞中愈发清扬的模样。也许文字比较稚嫩，也许想法不够深邃，但都是一个酷爱文学的人致以深情的显现。

　　教育教学最大的价值在于把每个孩子的优势展现出来，身为语文教师的我，最大的价值就是把每一个深爱文学的孩子呈现给大家。曹植在《善哉行》中所言："来日大难，口燥唇干；今日相乐，皆当喜欢。"结识余皓宇的每一天里，都会因他的文字而欣慰。两年以后，即便分别，也幸得有这本书相伴，能时时回望，顾盼生忆。

刘丹丹

2019 年 5 月 11 日

　　书也许是你最好的朋友，文字是你最喜欢的倾诉方式。你平时就喜欢写写画画，灵感来了，哪怕是在半夜也会偷偷起来"奋笔疾书"。渐渐地你积累了十几本日记和火柴人漫画。你每一次写完都会跟我们分享，我们很幸运也很乐意成为第一读者。我惊叹于你的想象力，还有一些不合年龄的思考。你记录的喜怒哀乐让我们看到一个率真、纯净、乐观、充满童趣的内心世界。我们很欣慰，也很羡慕。我们只想默默地陪在你的身边，看着你慢慢成长，做你一辈子的忠实读者！

爱你的爸爸妈妈

老师评语

　　余皓宇，一个爱奇思妙想的男孩。他总能用自己的视觉，用自己的语言去表现他的眼前世界，去表达他的内心世界。每次批他的作文，总给人一种鲜活的感觉。他也总是能用新鲜的词语和逗趣的动作给大家带来开心。坚持本真，相信会更出色。

语文启蒙老师：洪月琴

　　印象中的小宇是一个活泼、机灵、富有想象力的小男孩。他喜欢阅读，每天午饭后其他孩子都去玩耍了，他却总是静静地在讲台边翻阅当天的报纸；他热爱生活，留心观察，双休日经常跟着父母去拥抱大自然；他更喜欢写作，一花一草，一件平凡的小事，在他笔下都能写得生动有趣、富有灵魂。小宇的内心世界非常丰富，与同学之间相处融洽，有良好的人际关系，乐于助人，是大家心中的好伙伴。

小学班主任：汪红育

　　一句话来总结余皓宇，就是"其貌不扬，其才独长"。生活中的他，跟普通中学生没什么两样，上课会神游天际、下课会追赶打闹，偶尔犯个小错、偶尔得到夸奖。但当他独处的时候，他又是另一番模样。奇妙的想法，沉稳深邃的观点，老成得不像一个十二三岁的孩子。所谓的宝藏男孩，大概就是这般姿态。

初中班主任：刘丹丹

余皓宇，我的同学，一个积极向上、乐观的人。他博览群书，"唯读书是务"。他是我们班的"小鲁迅"，写出的文章别有韵味，深受大家的喜爱。他是我们班名副其实的"小作家"。

初中同学：俞鼎宸

他是小宇，我也是小宇。我们有着很多的共同爱好，经常有聊不完的话题。余皓宇乐观开朗、幽默风趣，同学们常常被他逗得捧腹大笑。生活中有他、学习中有他，一切的枯燥便荡然无存，因为，小宇就是我们大家的"开心果"，有他真好！

小学同学：吴昊宇

内容简介

　　这本书于 2019 年 4 月 23 日编纂完成，整理和收集的是作者从四年级至七年级时部分作文、日记、随笔以及读后感等，真实记录了作者童年生活和学习的点点滴滴，可以说是一部成长"纪录片"。在整理原始手稿的过程中，曾经的一幕幕再次涌现，让人感慨万千。人生就是一场电影，而这场电影才刚刚开始。人生也是一场旅行，"不必在乎目的地，在乎的是沿途的风景"。

　　书名"那无垠的田野"，取自书中一篇关于童年玩伴"狗"的文章。"田野"既是狗的名字，也是我童年和它一起奔跑过、撒欢过的地方，那里有一种特殊的味道叫"乡愁"。乡愁的韵味远不只是山花烂漫、知了声声、秋收时的瓜果飘香、冬天的皑皑白雪，还有奶奶的叮咛、外婆的美食、老师的教导、同学的嬉闹……那山、那水、那人、那狗，生活就是那么美好！循着字里行间的气息，去经历、去追寻……

　　前方还有一片无垠的田野！

目录
CONTENTS

五年级作文

六年级作文

寄信

第一次寄信，时间虽然很短，但我一生也不会忘记的。

根据老师要求，要我们把写好的信寄出去。于是这个周末我便早早地起床了，正准备出发去邮局，老爸回来了！因为是第一次寄信，本来就有点胆怯，老爸的出现似乎让我看到了依靠。在与老爸商量后，老爸只同意把我带到邮局门口，其他的事让我自己干。

老爸把我带到邮局门口后便优哉游哉地到其他地方去玩了，只留下我对着邮局大门发呆，内心紧张得不行。我犹豫了很久，终于，迈出了第一步，走进邮局大厅。我站在大厅里握紧拳头，鼓足勇气，问邮局的工作人员："叔叔……有……有邮票买吗？"叔叔说："邮局没有邮票怎么行呢？一张八角。""好……好吧！那我买5张，说完我便拿出5元钱。"我又问："这儿有信封吗？那我买5个。""刚好5元哦！小朋友！你也挺会打算的嘛！""是吗？"我不好意思地笑了起来，心情放松了很多。

于是我拿起事先准备好的信封贴上邮票，满怀期待地把信放进了邮筒。站在邮局门口我长吁了一口气："终于完成了，也不难嘛！"

回到家里看着崭新的邮票心中萌生出了一个念头，为何不集邮呢？一个集邮的梦想即将华丽开幕！这真是生活处处有想法，生活处处有惊喜啊！

老师评语：非常好，很用心！向独立自主迈出了第一步！

行走在古道上

今天一大早，老爸就把我从被窝里给"拖"了起来。我以为要上学，慌忙把书包背在了肩上。就在这时老爸克制不住了大笑起来。我看了看日期，才想起今天是周末。老爸笑着告诉我今天要去一个地方参加活动，没等老爸说完，我就迫不及待地把老爸"拽"去了车库。

9点钟，我们驱车到达了目的地，那儿人山人海，热闹无比，直到主持人出场才鸦雀无声。中途主持人说得太快把我都给听晕了，干脆晃了晃脑袋去买了串年糕，把主持人晾在一边，暂且享受我的美食。时间一分一秒过去了，终于主持人讲完了比赛规则和注意事项。可以开始了！活动的主题是"腾龙汾口，塘岭寻古"，主要就是爬山，重走古道。我和爸爸一边爬一边欣赏沿途的风景。路过一片高粱地，立刻引起我极大的兴趣，颗粒饱满的它们红红火火的，低着头、弯着腰，就算成熟了也不忘给大地母亲鞠个躬，以表感谢。在观赏风景时，我们不知不觉走了好长一段路，但离"CPI"还有很远，这座山真可以用"重重叠叠山，曲曲环环路"来形容。我脚下踏着陡峭的路，嘴里喘着粗粗的气，一步一步往前移。路边山沟里泉水叮咚、清澈见底，一看就能想象出有多么甘甜、多么清凉，我真想扑上去喝一口。不知不觉，我们来到了山顶，山顶景色很美，天蓝蓝的，山花灿烂，连空气都有一股清香。视野开阔，山下的景色一览无余，我们好像踩在了云朵上，我忍不住朝山下喊了几声，心情特别舒畅。

比赛结束了，我们竟然得了一块铜牌，真是让我欣喜若狂！

回家的路上，我一直想着那座山峰和那条古道，它虽然不是什么名山，但是在登顶峰时，却依旧能让我感受到"会当凌绝顶，一览众山小"的豪迈气势。想到这里，我低头望了望胸前那闪亮的铜牌，心中无比自豪！

好玩的语文社团课

　　语文社团的第一天就很有趣！你如果不相信的话，那我就给你好好讲讲吧！

　　与往常一样，洪老师笑眯眯地走上讲台，转身在黑板上写下了又大又红的四个大字"趣解汉字"。"你们最喜欢什么字？理由是什么？"洪老师开口的第一句话就把我们难住了。洪老师见我们不言不语，就又写了个"赢"字，问"赢"是由哪些字组成的。我们异口同声说出了正确答案，老师满意地点了点头，接着说："'赢'字中包含了胜利的5种元素，那它们又是哪5种呢？让我们从'亡'字解起吧！"我们大家苦思冥想，一筹莫展，突然严萌轻轻对我说了个"自尽"差点让我笑出了声。见我们想得如此认真，也不想让我们可怜的脑细胞死光，洪老师终于说出了正确答案："'亡'表示危机意识，字面上的理解是死亡，更表示了生生不息的生命……""下一个字是'口'……"我自豪地说出了："是指能说会道！"老师点了点头，在黑板上写下了"沟通能力"四个字。下一个是"月"，由于没想到年、月、日，却想到了肌、脑、脸等人体器官，所以我理解成了"强健的体格"，而正确的答案是："时间观念……"终于我们解完了"赢"字，知道了"传说"中的必胜法宝。之后老师带着我们又了解了"输"……

这堂课让我受益匪浅，也令我感到非常开心，或许这堂课是对我影响最大的一堂课，让我迷上了汉字、爱上了文学。

丢钥匙

我现在经常丢三落四，这很让我讨厌！几乎每天都会落下几样东西，让我被臭骂几十分钟或者几小时。我不是丢了这个就是落下那个，总想改，就是改不了。

丢饭盒和杯子似乎都成我的家常便饭了，不值一提，今天我特别要说的是丢钥匙。那一次，漫天雪花飞舞，就只有我一个人在操场上东找找、西找找。因为那时我的记忆只停留在了广播操的跳绳环节中，我隐约记得我把钥匙摘下来放入口袋中，可能是在跳跃中飞出来了。于是我在场地上左三圈右三圈瞪大眼睛找，结果还是找不到。于是我去问了汪赛凡，汪赛凡的线索是：有人捡到了一个与我描述得一模一样的钥匙，估计在徐俊平手上，但可能又被他"放生"了。正当我垂头丧气之时，老爸气呼呼地打来了电话："你的钥匙在小吕老师那里！总是丢三落四的……"我急忙跑到小吕老师那里拿了钥匙。就这样，我得救了！不仅免去了一顿臭骂，还不用傻等着老妈来开门，毕竟今天可是大雪纷飞、天寒地冻啊。

这是一件让我记忆深刻的事，这件事让我改变了很多。总之我之后不敢再马虎了，听完我丢东西的故事，你是否有过同样的经历呢？

家长评语：这是真实发生在他身上的事，通过这件事让他改变了很多，虽然有时候他还会丢三落四，但看到他的改变和进步我们还是开心的。希望他能继续用笔记录自己的成长。

界首之行

周六中午11时，老爸说要带我去界首玩一玩，对于在学校关了一个星期的我，一个"玩"字足以让我"嗨"起来。虽然只是"放风"半天，但足以让我很兴奋了！

我们按照预定的时间准时出发了，公路两旁满是翠绿色，如一张张水彩画在我眼前飘过，我不禁想把它临摹下来，只是苦于没有纸和笔，所以暂时打消了这个念头。车子跑得很快，转眼间我们就到了那美丽的地方——界首农庄，那是一个被油菜花海包围的地方，如梦境中，如童话世界里。已经是正午了，得先解决温饱问题。大人们挽起了袖子都到厨房帮忙去了，很快丰盛的菜肴在餐桌上摆满了，我们大家胃口大开，吃得津津有味。

吃完饭后我们动身去了一个"乐园"。刚跨入园区，就听见了枪声，只看见一群大人在玩"真人CS"，可惜我们小孩子还太小，玩不动，只有观战的份儿了，"噼噼啪啪"看他们玩得这么嗨，心里真是有点痒痒的。接下来我们去攀岩区看了看，悬崖峭壁让我腿脚发软，难道是我们要挑战的高度吗？显然不是。我们自制了一个"绳索秋千"，几个小孩子玩得不亦乐乎，完全忘了时间的流逝。老爸又让我们跟着他爬了一座小山，不高，但风景不错。有小桥流水，有绿树红花，还有一群可爱的小山羊，我们拿起竹竿和山羊们玩闹起了来，惹得山羊"咩咩"直叫。快下山时看见几个人开着卡丁车在比赛，很紧张很刺激。看完了也已经是夕阳西下了。

就这样，界首之旅在家长拍的一张张照片里结束了。

但那天晚上的梦中我们依旧在界首游玩，好像意犹未尽，下次还要来玩！

我的忠实伙伴——狗

有一种最通人性的动物，要是你遇上了它，它就会跟你一辈子，它是什么？是狗！

这或是一条我记忆中陪伴我最久的狗，刚刚见到它的时候它特别怕人，一见到我就玩命地跑，不过它毕竟刚刚学会走路，跑了一会儿就停下了。后来它渐渐长大，胆子也大了不少！我记得寒假的时候它天天陪我玩，我们吃饭的时候忘了给它最爱的肉骨头，就会对我"汪汪"叫几声。它天天带我去水塘边草地寻找鸭蛋，有时候会抢先一步把蛋给吃了，还朝我伸舌头。我内心有点恼怒：不就比我抢先一步呀！我也开始仔细寻找起来，嘿！这里有一堆！我抱着鸭蛋去找外婆，外婆说："你终于捉到了坏蛋，把它们关进监狱吧！"我很纳闷，突然发现那些蛋真的是坏的！外婆把这些蛋赏给了我忠实的伙伴——狗，狗狗可开心了，趴在那边津津有味地吃着。几天后的清晨，老爸来接我了，我要走了，我想悄悄地离开。在车子启动的那一刻，它似乎发现我要走了，飞奔了过来，追着老爸的车子，它明明知道自己追不上但它依旧疯狂地跑着。汽车开出了好一段路，它没力气了，躺在地上"呜——呜——"叫的那一刻，我的眼泪哗哗流了下来。我泪眼模糊地看着它挣扎着爬了起来跑一段，又趴下，一次一次。看着车子越来越远了，它明白确实追不上了，便朝我"汪汪汪"直叫着。它的身影渐渐消失在我模糊的视线中。之后我打电话给外公，才知道我的伙伴6点才回到家中。

有这样一个伙伴也是很好的，它可以做你不离不弃的朋友，伴你度过生活的每一天！

梦中的奇妙之旅

一

夜深人静，小区里的人关了灯早早地进入了梦乡。星星眨着灵动的眼睛，默默地望着熟睡的人们。大自然的"音乐家"为我们演奏着《摇篮曲》。月亮却为那些忙碌在暗夜中的人们照亮前行的道路。

这个时候的我也美美地进入了一个奇妙的梦境：我坐在沙发上，前方的镜子似乎是一个"黑洞"吸引着好奇的我。我轻轻地走入镜子内，镜子内部又是一个奇妙的星空宇宙，放眼望去，根本看不到尽头。而我正背着一个喷射器，向一个遥远的星球飞去。

我一着地便发现，这根本与地球无异。只是这儿只有几幢高楼，其他便是一望无际的森林、平原、海洋、冰川。有一棵参天大树耸立在眼前，枝叶繁茂，一些大型"萤火虫"在枝叶间自由飞翔，点亮了大树和周围的世界。我似乎完全融入了这个奇异的世界。不知道什么时候，几只猴子蹿了过来围住了我，我轻轻地把它们分别放在头上和背上。几只萤火虫簇拥着我们走了一段路，这时巨大的蒲公英把我吸引住了，植株有4~6米高，就像一座毛茸茸的小草房。月夜的凉风吹动着巨型蒲公英，无数的"小伞兵"迎风飞舞，我连忙拽住一个，随风向天空飘去。这时候小猴子们也好奇地探出了脑袋，浩渺的星空和广袤的陆地尽收眼底，略带清香的空气似乎永远吸不够。最后我落在了钟塔上，听着清脆的钟声，夜慢慢深了。钟塔里发出的小夜曲陪伴着动物们安然入睡，我望着这空无一人而又迷人的星球不禁哼起了小曲……

这是一个漫长而又令人着迷的梦！在我醒来之后依然

沉醉于其中，不知道今晚又会是什么样的，但愿是一个更好的梦！

　　家长评语：梦是个很好的写作素材，介于现实和想象之间，但难点在于中心的提炼，因为梦大多杂乱无章。想象力还不错，吸引人！

二

　　临睡前我喝了一杯牛奶便早早地进入了梦乡。牛奶的香味让房间奶香四溢。这次我的梦中奇妙之旅目的地为古代酒楼。

　　闻着香味我来到了一家酒楼，酒的醇香唤醒了人们的馋虫，使很多人就算拿出所有财物也要再来一壶。我望了望酒兴正浓的人们，又看了看酒楼的菜单，我似乎能读懂这字。我迷迷糊糊之中好像看到了诗仙李白。我欣喜若狂，李白不就是我最喜欢的诗人吗？不过此时的李白喝酒的兴致极高，喝了一杯又一杯，接着诗意大发，在大庭广众之下信口作起诗来。接着我在邻桌又看见了刘备，他们是一个时代的人吗？我很疑虑，也许是我历史书没好好看才这样混乱的吧。我在袖中找了找，本想看看有没有银子，找了半天银子没找到，居然找到了老妈的苹果6S手机！刘备见了手机便问："此乃何物？"我便顺口答了句："此乃苹果6S手机。"刘备被我给弄蒙了，"6S手机为何物？"

我便放了歌、电视给刘备看，反正老妈的流量还有2G呢！刘备看完点赞道："此乃神物啊！神物！"刘备摸着胡子闭着眼睛若有所思，接下来他请我入席，边吃边聊……

　　早上醒来的时候，嘴里全是水，这难道是在酒楼中喝的酒吗？我和刘备也算"煮酒论英雄"了一番！哈哈！

得胃病的"悲剧"

　　上个周末我的肚子难受得不得了，吃了很多西药也没用。老爸就带我去看了老中医，并带回了六袋"中药液"，就是医院已经煎好装袋的那种。其实上个星期还没有真正喝到，因为看完中医回家后肚子好像稍微好一点儿了，老爸就说先看看再说吧！看到冰箱里的中药，我的脑海中就萌生了一个"不喝不知道，一喝吓一跳"的感觉，因为我知道中药苦得实在难以下咽。

　　刚学完架子鼓，我就不停地打嗝，来接我的老爸看见了，就说那中药终于有了用处了，我心中先是一惊，但又有一种好奇，想尝尝治疗胃病的中药是一种什么滋味。我一边想着中药的滋味，一边跟在老爸身后走着，不一会儿就到家了。老爸开始热中药，不久黑乎乎的中药就放在了我的面前。我尝试着喝了一口，啊呸！立刻吐了出来，实在太苦了！看着眼前还有那么一大碗，我便泡了一杯糖水放在边上，准备一口中药、一口糖水，不然这味道实在太难喝了，喝不下去啊！我又咬了咬牙，深吸一口气，下了很大决心端起碗，"咕噜咕噜"喝了一大口，放下碗，龇着牙立马又喝起了糖水……就这样眼见中药还有最后一口，但糖水已经没有了。最后一口不用糖水了，咬咬牙"咕噜咕噜"一口气干了，接下来的时间里，我的舌头都是苦的……

悲惨啊！还有5袋没喝呢！估计这5袋喝完我的舌头和苦胆有的一拼了，千万不要得病啊！还好吃了两次后肚子再也不难受了，你别说还真是"良药苦口利于病"啊！

海绵宝宝"风波"

最近我们班上掀起了一阵风波，歌星风波？No！影星风波？No！那是什么风波呢？嘻嘻！是海绵宝宝风波！一些人成了这个风波的直接受害者。

上星期，余佳诺把她的一颗海绵宝宝送给了我，就这样我便走上养这个小球球的历程。海绵宝宝成长变大需要水，我便搞了个密封塑料袋，灌了一些水，然后把它放进去养，并偷偷带到了学校。可是悲剧发生了！上课的时候我发觉有什么凉凉、湿湿的东西流到我的大腿上，心头一惊，低头一看果然是密封袋散了，我的裤子也有些湿了。更可恨的是，我是把它放在书包的小袋子中的，渗漏的水使我的书包和作业湿了一大半！

当然受害者不止我一个，还有余佳诺、汪小栋及周围的同学。在接下来上社团课时，余佳诺不知道什么原因在后面骂人，骂得特别凶，骂着骂着，不知怎么的汪小栋的海绵宝宝密封袋突然掉到了地上，当场就爆开了，水溅湿了周围同学们的裤脚，引起了一阵阵尖叫。看来海绵宝宝也像个"恶习侦察兵"，专挑不遵守纪律的同学欺负。这场风波也引来了老师的关注，我们这些不遵守纪律的同学得到了老师的特殊"照顾"。唉！

这场"风波"就像一场疾风骤雨，把一大群人给溅湿了！还引起了老师的重点"关注"！这次风波也给了我一个很好的教训！

扫地机器人

现在的人生活节奏快，已无闲暇时间来打扫卫生，于是为了解放他们，智能扫地机器人横空出世了！我家就有一台这样的扫地机器人，现在就让我介绍一下它吧！

它是科沃斯扫地机器人，我们亲切地称它"朵朵"。朵朵是扁平圆柱体，外表是稳重的镶金黑色，底下是三个轮子可以随时改变方向，底下边缘有两把黄色刷子，在行进中旋转刷子将垃圾扫到"机器人"底下然后被吸进体内。这的确是一款"懒人神器"，全自动智能化，只要遥控器设定好程序便可自行开始工作。在清扫沙发、茶几等地方时难免会撞到障碍，不过好在它有红外线感应，在遇到障碍物时会自动躲开。并且在几次清扫后会记录路线并储存路线，以后清扫就会有秩序有节奏地进行。拥有7.9厘米超薄机身的朵朵在清扫沙发、茶几、床底等这些"卫生死角"时能发挥独特的优势，比起人来更灵活方便。

相对于其他扫地机器人，朵朵拥有扫地、拖地双重功能，提高了工作效率。朵朵一次充电可工作4~6小时，没电了怎么办？它会自动回去自我充电，简直是"将智能进行到底"啊！

你还可以通过手机远程控制和查看，我们上班的时候，它就像一个"菲佣"在勤劳地打扫卫生，等我们到家的时候地面已光洁如镜，心情会特别好。这样一个强大智能化、人性化的机器人，你想要吗？

严父情深

如果说父爱如山，那我们便是山中的小树苗，静静地躺在爱的怀抱中。

小时候，边看书边吃饭，一顿饭要吃4个多小时。终于有一次爸爸一怒之下用木棒重重地打了我的脊背，在我背上留下了痛痛的"黑十字"印记。从此我就觉得爸爸不爱我了，竟因吃饭之事，下手如此之重！

之后的几天里，爸爸每天让我撒尿，撒在一个小纸杯里，我不禁有些困惑。看着爸爸每天上班，都小心翼翼地将纸杯盖一个盖子再捧在怀中，便去上班。经过一个小伙伴的调查，爸爸每天都要将那一杯尿拿进一个科室，再拿出了一张单子，爸爸脸上就露出喜悦的神色。

大概一个月之后，我渐渐忘记了那件事。直到有一次玩电脑，我发现一个文档"一封致小宇的道歉信"。我点开一看，便出现了几行字："小宇：对不起！那天我心情不太好，所以才打得那么重。之后我便很内疚，每天都跑到化验室帮你验尿，还好你没有什么事。"全文仅仅40多个字，却流露出了内疚与对我的关心。这时，我才真正地理解了"打是亲，骂是爱"这句话的意思。

山中的小树，一点一点被山的养分培育成参天大树，树上的小鸟被父母喂养到振翅高飞，这就是爱，如此单调，却又很温暖！

小组春游

一个阳光明媚的早上，我很快吃完了早饭，便主动理起东西来，收拾完后，我便发了狂似的往校门口跑去。我想，这种情况大概只有春游才会出现吧！

我们乘车穿越了"两隧一桥"，终于到了我们的目的地——珍珠半岛。珍珠半岛就像小鸟的一只翅膀伸向千岛湖的湖中央，这使珍珠半岛多增添了一点儿韵味。广场的歌声环绕着美丽的珍珠半岛，让这颗"珍珠"变得更加柔美。一下车我们就拉着家长奔向那金色的沙滩！虽然没有光脚去感受，但我能感觉得到这片沙滩真的很软。沙滩旁还有大小不一的鹅卵石拼成的陆地，但我不知水上何时有了"搭石"。我突然就想到了《搭石》那篇文章，脑海中一字一字浮现出来。我们在沙滩上玩累了，渴了，就在边上的水泥地上休息，中午我们去"有意思"餐厅吃了可口的饭菜，又在广场上玩了一会儿射击，快乐的春游就此结束了。

这样的春游，我恨不得每天都来一次！

我想对补课同学说

每一次，都会看见我们和平相处的身影，但好景不长，那些身影顿时化为乌有，我们似乎都失去了友谊，成了不相往来的"死对头"。

我清楚地记着一件事。有一回周五的时候，我写完作业就把书包留在了补课教室里，接着汪硕在其他同学与老师不注意的情况下，将我的英语作业与英语书全部藏了起来。周日检查书包发现一切有关英语的东西全部没了！我心中顿时一惊：坏了！要是明天老师问我要作业怎么办？要是被老爸知道我又丢三落四了怎么办？老爸最讨厌我丢三落四了！我顿时急得满头大汗。连忙转身跑到老师那儿寻找书本，书本像是长了腿一样，我翻箱倒柜，怎么也找不到，我急得像热锅上的蚂蚁。老师一边帮我找，一边打电话问其他同学有没有拿错。结果一切都是徒劳，书本依旧没踪迹。我顿时有了一种想哭的感觉，老师看到我这种表情后便不断地安慰我，我只好垂头丧气地回家了。

周一，我又回到了补课教室，老师下令全体同学寻找我的书。这时汪硕才说出了真话，书被他藏在了书架后面，他还乐呵呵的，我真是快被气坏了！从那以后，我们之间再也没有原来的那种深情厚谊了，我们成了"死对头"。

我想对你们说：我很珍惜我们之间的友谊，请你不要捉弄我，假如我藏了你的书，你被老师和家长骂，你会开心吗？这样的话我也不开心，我多么希望大家能团结友爱、互帮互助，共同把我们的学习成绩提高！

苍蝇身上的学问

有一天下午，天气比较闷热，一群苍蝇嗡嗡地，总围着我转，我忍受着它那难听的"歌调"，厌恶它那脏兮兮的身体。

人的忍耐是有限度的！我一个巴掌扇了过去，那苍蝇立马躲开了，稳稳地停在墙上继续哼着"小调"，强烈的好奇心驱使我要去做几个实验。

我拿来木板、玻璃、A4纸等物品，当然还有老爸和狗也被我当作了实验用具。苍蝇先是停在了木板上，被我一赶，飞到了老爸身上，被老爸差点扇到的它又飞到了小狗尾巴上，小狗一个"神龙摆尾"，那可怜的小东西差点被拍死，接着它竟然能停在光滑的玻璃上！这太让我吃惊了！它竟然能稳稳地停在竖着的玻璃上，没有滑下来，它到底是怎么做到的呢？难道苍蝇的脚上有一种特殊的黏液？难道它的脚上有吸盘？还是苍蝇脚上有一种倒钩？我百思不得其解，强烈的好奇心驱使我赶紧找到我的"万能"帮手——电脑，查起了资料。原来，它的6只脚上各有一个

"爪"，在"爪"的基底部还有一个被茸毛遮住的爪垫盘，就像一个吸盘。茸毛尖处可分泌一种液体，有一定的黏附力。这时，我才恍然大悟，原来是这样啊！

生活中处处有知识、有学问，只要我们仔细去观察、去思考，就一定会有意外的收获。

废墟中的孩子

1937年8月28日，一对夫妇抱着3岁的儿子坐火车去逃难。这时的上海依旧枪声连连，战火弥漫，正当那个孩子和父母将要上火车的时候遇到了日军的第一波轰炸。

车上的乘客似乎意识到了什么，大声对司机叫："快开！"可是已经晚了，炸弹的气浪把整整一辆火车掀翻了。那孩子和父母亲顿时飞了出去。敌军开始了更为疯狂的轰炸，顿时一座古老的火车站化为乌有，到处是惨叫声，许多人被炸得血肉模糊。这时那孩子醒了过来，他看见父母被压在了一块大废墟下。那孩子似乎意识到了什么，大声哭、大声叫："爸爸！妈妈！"可惜他的父母回答不了他。一个小时、两个小时……他的哭声越来越小，日军的飞机也远去了。一名记者收养了他，在经历了各种磨难后他成了一名"小八路"。

为什么和平不能永驻大地？这个问题需要那些发动战争的人深思。也要让所有人记住：和平需要全世界人维护！

我的老师

自从我有记忆开始，印象最深的人，是我在汾口镇小学念书时教我的郑老师，她头发长长的，有少许鱼尾纹，高高的鼻梁上架着一副红色的眼镜，她平易近人，我们大家都很喜欢她。

我记得二年级时，突然下了一场暴雨。我没带伞，站在那里不知所措，突然郑老师跑过来说："余皓宇，你怎么不回去？""我……我没带伞。"郑老师翻翻皮包，笑嘻嘻地说："要不，我送你回去？"接着拿出了一把精致小伞。我看了看老师，又看了看暴雨，眼睛湿润了。把我送到家后，我望着郑老师的背影，她的左肩湿透了……我才知道在撑伞时郑老师怕我淋湿把伞倾向了我，我的心中流过一股暖流。

这股温暖我一定珍藏于心，我还想问候一句："老师您还好吗？"您的学生会经常记挂您的……

思念

我从汾口转到了千岛湖上学，不知不觉已经在千岛湖南山小学就读两年了。但脑海中时常还会想起汾口的小伙伴，曾经伤心一起哭、下课一起闹的好朋友。

那是一个拥有无数快乐时光的美好记忆！

还依稀记得杨承昊经常带着他的队伍在学校中逍遥地溜达，也记得曾经的打架王、学神、鼻涕虫……每个人都在我的脑海里留下了一段记忆，让我时刻思念。包括曾经的教室，教室里的设备以及教室里的空气，都是我思念的对象。我要走的时候每个人都有一种依依不舍，而我走之前只留了一句话"有缘再相逢"。果然，这个假期我回到了汾口与他们再相逢，聊了整整一下午，各种以前的记忆又一股脑儿地涌上了心头。

思念，思念，十分思念！但只能对着他们送我的机器人吊坠发呆……

思念、思念，无比思念！曾经我们在一起的时光！

我最喜欢的一朵花

世界的花千千万万，而我最喜欢的花并不稀有，也不很高贵，那便是我精心养育的再寻常不过的凤仙花！

在家中电视机旁我发现一颗种子，一时好奇就找了个花盆种了下去。过了没几天，鲜活的小种子张开了一双小手，看着它一天一天地长大，我对它的未来充满了期待和信心！我还缠着让老爸上网淘种花肥料。经过我的精心呵护，曾经稚气的"双手"成了未盛开的凤仙花骨朵。我高兴得不得了，每天捧着花盆，怎么看也看不够。但是后来它长得特别慢，不变的花骨朵儿，让我心中的热度慢慢没了。几个星期过去了，我几乎把它遗忘在那窗台上，还以为它早就干死了。没想到有一天偶然发现它依然茁壮地活着，而且慢慢地张开了美丽的花蕊，在太阳底下轻轻摇曳着，散着扑鼻的芳香。太惊奇了！没想到它竟然能依靠外面打进来的雨水坚强地活着，还完成了生命的绽放。每一个生命都值得去期待！

听奶奶说她特别喜欢凤仙花，于是我狠狠心把它送给了奶奶。在我第二次回老家的时候，土房上长满了迎风绽放的凤仙花，给老房子增添了一份美丽，我感到无比欣慰。

这就是我最喜欢的花，它既平凡又淡雅，清新脱俗、人见人爱。

暑期戏水

别人都在问我："这个暑假你去哪儿玩呢？"毫无疑问，炎炎夏日，戏水为最佳也！我当然是回老家的水上乐园——小溪，戏水咯！

我们游泳的装备特别齐全：跟屁虫、眼镜、游泳裤、游泳漂浮式手环……我们能在一湾溪水中找出无穷的乐趣，因为我们时时刻刻都有金点子，比如"水上撕名牌""水上相扑"、游泳……因此我们有了一年一度的"水上运动会"。现在我们来看运动会进展如何吧！首先他们正在举行水上撕名牌，听到一声声"OUT"，撕名牌冠军产生了。我也参加了其中的游泳比赛，一声号令，水面顿时沸腾了！他们一顿冲锋，我暂时落在后面，可是他们没得意多久就没力气了，我乘机发起再冲锋，竭尽全力，终于摘得桂冠！"水上相扑"是最好玩的，二人相对站立，谁先把对方推倒在水里就算胜利！"扑腾！扑腾！扑腾！"一个又一个被推入水中，经过几轮角逐，终于决出了冠军，我们还一本正经地举行了颁奖仪式，比赛就这样结束了！非常开心！每天都期待这一时刻。

你也想和我们来一场暑期戏水吗？我在老家等你哦！

我最敬佩的职业——消防员

职业有千千万万种，我最敬佩消防员，为什么呢？你们还记得天津爆炸事件吗？

那一天我悠闲地看着电视，当我调到新闻频道，浓烟、大火伴随着阵阵爆炸声的画面立刻惊住了我，我目不转睛地盯着电视，一幅幅惨烈的现场图片映入我们的眼帘。人们纷纷逃离现场，这时候我看见一批批身穿橘黄色衣服的人列队逆行冲进危险的现场，内心突然涌现出敬佩之情。这以后我多次查看一些视频资料，知道有这么一批人，他们哪有火灾出现在哪里，哪里有爆炸出现在哪里，他们奋不顾身地冲进现场抢救国家财物，以自己的生命换取无数人的生命，他们就是——消防员！看到这些，我热泪盈眶，感动极了！这是一个多么伟大的职业！在此我向光荣牺牲的消防员叔叔表示崇高的敬意！

后来爸爸陪我看了好几部消防员题材的电影，如《怒火救援》《烈火雄心》，还有一部以"9·11"为背景的《世贸中心》等，使我更加了解了消防员这个职业的伟大之处。

G20峰会马上就要来了，这是一个骄傲的时刻，世界的目光将会投向这座东方城市——杭州！我知道消防员会和警察叔叔他们一样严阵以待，时刻准备着。我们所能做的就是增强消防意识，消除消防安全隐患，为G20营造一个平安、快乐的环境，让许许多多外国人爱上杭州、爱上中国！

游"冰雪世界"

今天老爸终于答应带我出去玩了，那是一个叫"冰雪城堡"的地方，光看这个名字就让我很是期待，想进去探究一番。

刚踏入屋内,一股寒气袭来,冻得我腿瑟瑟发抖。我环顾四周,到处是精美的冰雕,有:小黄、雪宝、疯狂动物城……首先吸引我的是冰上碰碰车,老爸似乎能读懂我的心思,立马买了票,碰碰车启动了!我一时不知道如何操作,便乱撞了起来,其他几个人似乎和我一样,到处乱撞,致使人仰马翻,尖叫不断。我和老妈联合起来去"撞"别人,一往无前,所向披靡,吓得他们四处逃窜。几分钟后我渐渐摸清了操作方式,车技越来越好了,可惜没过多久就到时间了,好玩但没尽兴,依依不舍地离开了赛场。随后是冰上过山车项目,我又和老妈一起挑战。可惜我人小,冲击力不够,中间平缓处我被卡住了,正干着急呢,幸好后面老妈也冲下来把我推了出去。自我挑战项目过后我们又参观了冰雕酒吧,体验了酒吧老板的生活,还和光头强、熊大、熊二合了个影……真是太开心了!

就这样我们游览完了整个"冰雪城堡"。记住哦!下次来玩记得一定要玩碰碰车哦!

母亲（儿童诗）

你是树，我是鸟。

狂风暴雨来了，

除了你，

谁是我无遮拦的天空下的荫蔽！

可是，

我要雄起，

去迎击闪电和雷鸣！

用成长的音符，

为你歌唱，

表达谢意！

我与书的故事

儿时，牙牙学语中，我就对书有一种莫名的喜爱。虽然那时不识字，但也是看得津津有味，晓得那彩色的画片上是个什么东西。随着年龄的增长这种对书的喜爱感逐渐增长，成了一种特殊的依赖，于是我便与书结下了不解之缘。

我记得一年级时，一次在外面疯玩后回家，看到了一本精致的拼音读本，我迫不及待地打开了它，像是打开了新世界的大门，我开始如饥似渴地阅读它。不知不觉已是吃饭时间，奶奶大喊："小宇！吃饭了！"我依旧盯着书，奶奶气急败坏地一把夺过了书，"吃完再看！"我一脸不高兴，但只得妥协。吃着吃着，我瞟了瞟沙发上的书，它似乎有一种魔力，吸引我去阅读，我悄悄地把它拿过来，一边吃一边看。看着看着，我忘记了时间，忘记了一切，全身心都与书融合在了一起，自己好像成了书……

8点后，爸爸从外面回来知道我一边看书一边吃饭吃了4小时，拿起棍子便把我打了一顿，就因这顿打，我再也不敢在吃饭时看书了。

随着年龄的增长，鬼点子多了起来，窃读的方式更是五花八门了。记得有一次，我拿着一个手电筒躲进衣柜，用微弱的光照着手里的那本《鲁滨逊漂流记》偷偷地读着，为什么一定要偷偷读呢？因为老妈曾对我说："回来之后必须看到你已经睡着了！"为了避免麻烦，就用这个方法夜读了。果不其然，老妈不久后就回来了，她进了我的房间，"这小子今天挺听话的嘛！"躲在衣柜的我窃笑不已。而床上的不过是一个等身玩偶罢了，因为我睡觉喜欢全身裹被子，因此是完全看不出的，等老妈出去，衣柜里又亮起灯光，我便继续在书中与鲁滨逊一起遨游荒岛，这时衣柜门"唰"地一下被拉开，要给我找校服的老妈脸一黑，紧接着衣柜里一声巨响，夜又恢复了宁静……

虽然一次次窃读都被抓到，也受到了各种惩罚，但我对窃读的爱，却始终不能够释怀。我爱读，在暗中窃读！

中秋之夜

今年的中秋是糟糕的，外面下着倾盆大雨，月亮在这一个日子里躲了起来，好像也回家躲雨啦！

　　但是在老家，傍晚最热闹的时刻，则是我们的传统节目——舞草龙。草龙身上插了满了香，它们走到哪儿，哪儿就有烟火。大家静静地欣赏，已忘了今天是下雨天，被淋成了落汤鸡也不回去拿雨伞。雨越下越大，打湿了一炷炷香，原本一条活灵活现的巨龙气势立马没了。大家下意识地摸了摸口袋，几个有打火机的大人跟着龙，一灭就点，有些人手里拿着点好的香跟随着草龙奔跑，随时准备更换。完成了最后的"龙下水"环节，我便问村里的一位长者："为什么香不能断呀？""龙的气势不能灭！"真的是这个答案吗？我若有所思。看完了舞草龙表演，我们全家吃着月饼、谈心、玩游戏……就像往年一样，爷爷观望着远方，思念那些未回来的亲人。

　　这次的中秋节虽然下着雨，但我依旧收获了不少领悟与快乐，这一场雨影响了我们赏月，但影响不了我们的团圆心情，一家人有说有笑，欢乐无比，大家同样过得很开心！

优学派

老爸说要给我买优学派，我欣喜若狂，兴奋得好几天都睡不着觉！

终于盼到这一天啦！我跑进了新华书店的优学派专柜，细心地挑选，突然店员对我说："看下一款U19吧！这还有一款U22，是我们的新款。"我看了看A1，老爸似乎明白了什么，对店员说："我儿子好像看中了A1。""A1也不错的！是新出的学生手机，双指纹平台，安卓与优学派的结合！"突然我深思了起来：论价格U22最贵，U19最便宜。要论功能还是A1棒。我深思了许久，决定要为父母节省资金，选了U19。我的U19摸上去特别舒服，有特殊的护眼系统。每当我低下头时，它就会发出警报，优学派中有同步课本随时随地可以学习知识，看完了知识点会有一些小试题来助你一臂之力，同时会有一些益智游戏，例如：汉字听写大赛、老鹰捉小鸡、科学的闯关等，在游戏中学习，寓教于乐，让我们对学习更有兴趣。游戏玩得太过火，家长那端可以冻结指定应用，防止沉迷。在学习中可获取优学币，买东西帮助宠物养成，每天的学习都会让宠物成长，一学一教，真是一石二鸟的好办法啊！

我必须不辜负爸爸的一番苦心，正确地使用好优学派，使它真正对我的学习有帮助。

家长评语：书写态度认真，行文流畅，重点突出，希望能正确对待助学设备。

老师评语：每次都这样用心对待作业，你的语文成绩就会上升一个档次。

痛苦的"禁足"

就在前几天，汪老师正式宣布我被"禁足"了，这让我这个"好动者"痛苦无比，仿佛被打进了十八层地狱！

"禁足"期间，看着他们欢乐地玩耍着，我只能投去无奈的眼神。唉！我要是能玩就好了。我看着他们，默默忍受着，终于，我忍不住了！离开了座位，找了一个人群杂乱之地与小伙伴聊天。

一天又一天过去了，我心中不禁有些内疚。又过了几天，我不禁想："咦？汪老师怎么还没有发现？"我怀着侥幸心理继续玩耍。果然，逃得过初一，逃不过十五，我这条"大鱼"终究还是被老师抓到了。老师再次宣布："余皓宇'刑期'加倍，并且课余要做一列口算！"本来的"刑期"还没到，现在又加倍了。对于我来说，又是一个重大的打击，于是乎这下我该安分了。因为我可不想再加倍一次！但是我也不时打自己的小算盘：要不乘大家不注意的时候溜出去？可我又怕惩罚，要不今天体检的时候偷偷玩一下？不行！被抓住就惨了！我怀着纠结的心理再次放弃了抵抗。

唉！"禁足"何时才能取消啊！

老师评语：*心理活动写得很精彩！另：老师奉劝一句犯了错误要从根源上去改变，别想着逃避。*

周日庙会之行

"听说秀水街有庙会？"一个声音打破了周日的寂静，原本无聊的周末却因为秀水街那小小的庙会逆转了。

我们全家下午3点，才来到庙会现场。刚刚进入庙会便热闹无比，我买了一个薯塔，静静地欣赏路边的花朵，虽然庙会热闹得很，但是我的心情也不是太好。我们无意间看到了卖铁丝工艺品的地方，里面以铁丝编成的小挂件、小人，做工精美。我们还看见了爸爸妈妈儿时的记忆：滚铁环。爸爸妈妈一边看着，一边回忆童年的味道。离开了手工艺术品专卖店，我们在大街上挑选着自己喜爱的小商品，突然一个声音吸引了我们："鱼疗10元一位！庙会特价！千万不要错过！"我们走进了鱼疗店，付了钱便开始挑选地方鱼疗。老爸却死活不肯来，我问爸爸："鱼疗不挺爽的吗？干吗不来？"老爸弱弱地回答了一句："我的脚太臭，一脚伸下去怕是整池子的鱼都活不了……"听完老爸的玩笑话，我和妈妈脱下袜子把脚放入了池中，小鱼立刻扑上来吸我的脚，呀！这也太痒了吧！我忍受着，慢慢地我感觉不到痒了，我已经适应了，而且非常舒服。靠着沙发，看着电影，做着鱼疗，这才叫生活啊！完了我又恋恋不舍地把手伸了进去，那群小鱼立刻又扑了上来。离开了鱼疗馆，我们一家三口似乎心有灵犀地走向奶茶店。估计是逛得又累又渴了，进了奶茶店挑了杯冰奶茶，便坐在那里边喝边休息。喝完了奶茶就要离开庙会了，我故意拖时间，想在这里多待一会儿，我还没玩够呢！但还是失败了，恋恋不舍地跟着爸爸妈妈离开了。

美好的时光总是短暂的，难得有一天爸爸妈妈陪着我玩，我多么期待下一次的庙会，爸爸妈妈能再次陪着我，那种幸福是我一直梦寐以求的。

家长评语：文章平实，但态度认真，文中叙述了几件事，重点突出，文末情感流露，主题提升。

老师评语：写得很用心，书写很棒。

人类工具进化史

一

在一颗蔚蓝的行星上，生活着万物之灵——人类！今天我们就来说一说人类工具的进化史。

在遥远的石器时代前，人类只会通过肉搏来抗击野兽的袭击，通过采摘果实所获的食物来果腹。没有强大的武器便很难战胜野兽，所以人类生存和活动的区域很有限，发展也很缓慢。有一个人类中脱颖而出的"天才"学会了用锋利的小石子做成刀片来战斗，从此石器时代便开始了。人们都学会了用石质刀片来抗击野兽侵袭和采摘制作食物，然而锋利的刀片难免会划伤自己，那怎么办呢？在石器时代的后期，人们逐渐学会了用木棍、石器和绳子，做出了最古老的矛、斧子、石镐和铲子等，人类利用这些新型的工具进行了全新的劳作。他们用木材和石头建立起了自己的部落。部落的建成，引发了人类对领地的渴望，部落之间经常会爆发领地战争。他们不会想到在一场寻常的战争中一种新型武器将掀起热潮。辛勤劳作的人类用铲子刨开泥土时发现了比石头更坚硬的物质——铁！铁器从此代替石器成了攻击力更强的新型武器。从此它们又进入一个新的时代。经过漫长的时间，大约是秦朝之时，人类发明了简单的机关——弩！秦国最终利用这种武器横扫六国、统一天下。

每一次工具的进化，都是人类历史天空中耀眼的星辰，它照耀人类社会发展的方向。关于人类工具的进化史，你想知道更多吗？请继续关注我们吧！下周四再见！

二

人类的劳动与发展最离不开的就是常见的各种工具了，那么我们今天继续来聊聊人类的工具进化史吧！

秦朝以巨大的人力、物力建造了各种建筑物，如：长城、阿房宫等。导致农民贫困交加，各地纷纷掀起了抗击秦朝的起义。秦朝最终走上了灭亡之路。之后便是项羽和刘邦的世界——楚汉争霸，最终汉胜，刘邦建立汉朝。汉后又分三国，三国时期"投石机"出现了，这个大家伙在战场上迅速成了攻城主力，这又是一个令人惊奇的发明。经过多年的战争，魏国拿下吴国和蜀国，完成统一。再后来，明朝郑和率舰队七下大西洋，带来了世界文明，随后出现的红衣大炮和火铳让明朝更加强盛。神机营的出现，最终消灭了元朝的残余势力，开创了近300年的基业。清朝时中国引进了一批新式武器，那就是枪与炮。枪与炮在解放后快速升级，中国造出"95式"。苏联也制造出了世界名枪"AK47"，以及后来各国军队大规模装备的"M4A1卡宾枪"。

现代社会勤劳智慧的人类改进和创造更先进的工具，改善了人类的生活，也创造出很多致命的武器，给人类带来了无尽的灾难。特别是原子弹的爆炸，人们不禁重新思考人类生存的意义和存在的价值，更加渴望和珍惜和平与健康。

曾经人类支起的大石锅成了不锈钢锅，曾经的石剑成了不锈钢匕首……人类始终在进步，未来的工具又会是怎样的呢？让我们拭目以待吧！

家长评语：小作者能够根据自己的课外阅读进行总结性写作，虽然有点稚嫩，但也难能可贵了，希望能继续这种形式的阅读和写作。今天还特别表扬小宇同学字写得比较工整，希望能再接再厉。非常棒！

老师评语：真没有想到你对这些内容感兴趣，挺好！

二十年后回家乡

光阴似箭，日月如梭，不知不觉已离开故土20余年，我无比思念家乡——千岛湖，爸爸妈妈不知道怎么样了？湖水是浑浊了还是干净了？我的同学去哪儿了？一切都是未知数。

乘上专车，不到一个小时就到千岛湖。哇！果然面貌焕然一新了！步行道与车道上一尘不染，进来的车辆都要被拦住，在车上装上吸尘器才可以通过。我迫不及待地冲向南山学校，看着岁月悠长的大树依然仁立在那里，是它见证了我在南山成长的每一个瞬间。学校的保安早已退休了，换了一批新队伍。我的恩师洪老师正在教室里教育新一代祖国的花朵，洪老师的身影和声音还是那么的亲切和熟悉，我观望了许久才离开。接着我去看一下父母，乘电梯而上，来到了多少次魂牵梦萦的家门口。看着一串熟悉的门牌数字，我禁不住热泪盈眶，不知所措的手是该敲门呢还是找钥匙开门？钥匙是小时候妈妈给我挂在脖子上的，这么多年来我一直随身带着，它渐渐成了我的护身符。我轻轻抚摸着钥匙，随后颤抖着打开了门，一开门便是无穷的回忆向我奔了过来。那玻璃茶几是我吃饭的地方，妈妈的拿手好菜都是为我准备的，那是我的最爱。旁边的浴室，小时候洗澡都是老爸陪着我，又要擦香皂，又要搓澡，又要洗头，而我就知道玩水，每次我洗完爸爸就全湿了。我的书房还是记忆中的样子，仿佛灯下伏案作业的光影就在昨天。我的房间里，依旧飘着浓浓的书香，这是一个小孩长成大人的地方……爸爸妈妈不知道什么时候站到了我的身边，我紧紧地抱住了他们许久，胜过了千言万语，我们团聚了……

草草地吃了一顿团圆饭，便要离开千岛湖了，我心中怎么也舍不得……

文明只差一步

一天下午，小明与小红刚放学踏出校门，便闻到一股臭味。小红说："呀！什么味道啊？太难闻了！"他们强忍着臭味，向臭味的源头前进。他们看到一个垃圾桶，外面全是垃圾，小明说："这是谁干的呀？真没素质！"小红拿出手套，"要不我们清理一下吧！"小明神秘地说：
"你先清理吧！我自有妙计！"于是小红便行动了起来，
把垃圾一堆一堆地送进了垃圾箱。小明则拿起大笔书写
了起来，小红扭过头轻轻问小明："你的妙计到底是什么
呀？"小明神秘地笑了笑，说："当！当！当！文明只差
一步！"边说边指着纸板上的几个方正大字。小红惊讶地
叫道："哇！你也太牛了吧！"并且情不自禁地又念了一
遍："文明只差一步！嗯！不错，不错！"听到小红的赞
许，小明有点不好意思地挠了挠头。说完他们便用双面胶
把它贴在了垃圾箱上。

看完了这幅漫画，我深有感触。现实生活中确实存在
类似的事情，为什么有些人就是不肯迈出这一小步呢？退
一步不文明，进一步就是文明了，有时候文明就差那么一
步。是选择方便还是选择文明？如果是你，你会怎么选择
呢？看似一个简单的问题，实践起来却很难。

做任何事情都要讲文明，一个人要是从小受到这种教
育的话，长大后就一定会成为一个文明的人。

今日事，今日毕

因为做什么事情都拖拖拉拉，我已经吃了不少苦头了，为了让自己少吃点苦头，我便把"今日事，今日毕"作为我的座右铭。

"今日事，今日毕"对于我来说是个很难达到的目标。当自己要开始"奋斗"的时候，精神会下意识地让我出去玩。有一天，在老爸的监督下，终于达成了"今日事，今日毕"这个目标。而那一天也是我过得格外开心的一天，终于不用提心吊胆，可以开心地玩了。但是好景不长，不久我又回到原来的状态，拖拖拉拉，当我立志一定要达成目标时，中途又败给了自己的贪玩。

我尝到了"今日事，今日毕"的甜头，就必然想再一次达成目标。其实，"今日事，今日毕"有很多好处：首先玩可以尽情地玩，完全没有心理负担，你可以干任何想干的事情。事情没有完成，玩得也不开心，甚至总要被父母唠叨。其次，"今日事，今日毕"能提高你的办事效率，节省时间，省出来的是整块的时间，你可以有更好的安排，比如说跟父母出去旅游，和同学出去打球，去看一场《复仇者联盟》电影……

"今日事，今日毕"治疗的是你的拖延症，不然只会是"明日复明日，明日何其多，我心待明日，万事成蹉跎"。拖延症浪费的是你的精彩人生！我要用"今日事，今日毕"这个座右铭时刻提醒自己。

不走平凡路的人——比尔·盖茨

比尔·盖茨，微软创始人，想必大家都知道吧！现在就让我们走进这位名人的世界，看看他成功的故事。

比尔·盖茨出生在一个富裕的家庭，他的父亲是整个城市最好的律师。因此幼年比尔的梦想便是成为律师，他的父母也十分支持他。

比尔·盖茨进入初中时被一样东西迷住了，它就是计算机。刚开始几个朋友帮比尔做了一个软件，据说比学校买的任何软件都好。之后学校买了那个软件，比尔得到了第一桶金，不久后比尔便辍学成立了一家小公司。

比尔有了一批员工，员工们发现这个15岁的"小老板"工作十分勤奋，累了便飙车，员工们告诫他，他不听，依旧飙，果不其然比尔进了监狱，被关了一段时间。

微软的名气越来越大，美国著名企业IBM便找上门来让微软帮他们制作操作系统。其实比尔说了一个谎，他们这个系统不是自己制作而是买的，他们从一个计算机狂热者手中买了一个操作系统给IBM。但比尔·盖茨不单纯是卖系统，还和IBM签订了一份附加协议：IBM每卖出一台装有微软系统的电脑就要给比尔·盖茨5美元。这又是一个很好的生财之道。

不久，比尔有了一个对手，IOS系统创始人乔布斯。苹果公司制造了一台电脑，名为"麦金塔"，这是一个连小孩都能熟练操纵的电脑，因为它有图标与鼠标。比尔·盖茨想到了一个完美的方法打败对手：微软借向乔布斯IOS公司购买软件，不断向他们咨询，乔布斯开始也不甚在意，之后他们便意识到一个问题，那就是"比尔的问题太多了！"不久微软自己也出了一台有图标有鼠标又美观的电脑。

之后一个危机降临微软：网景公司，网景浏览器对个人免费、对公司收费，使网景浏览器成功"逆袭"超过了微软。随后微软也制造了IE浏览器，并决定对所有人免费，为了打赢竞争，他甚至命令手下员工以及所有客户都不得使用网景公司的软件，否则终止合作，最终盛极一时的网景公司破产了。

后来比尔·盖茨被指控犯有美国最严重的罪行之一：垄断罪。在一个由网友提供的视频中，曾经风光无限、自信无比的比尔·盖茨在法庭上却不知所措、一脸茫然。被指控后的微软，面临被拆解的风险，比尔·盖茨的形象也一落千丈。这之后比尔·盖茨与夫人周游世界，主要经营慈善事业，人们才逐渐对比尔·盖茨的看法有所改观。

这就是比尔·盖茨的人生经历，想知道更多吗？那就继续关注我们吧！

落后就要挨打

当熊熊大火燃烧起来的时候，我会联想起百年前那场吞掉了圆明园这座"万园之园"的罪恶之火、耻辱之火！为什么会这样？落后就要挨打！这是我读《圆明园的毁灭》之后的深切体会。

当八国联军来焚烧圆明园的时候，我们完全可以拼死抵抗，但由于清朝政府的闭关锁国、腐败无能和夜郎自大，导致国力丧失，在面对金发碧眼的英法联军等的洋枪洋炮时，我们完全丧失了抵抗的勇气。皇帝在八国联军打进来之前便出逃了，士兵们下跪迎接着侵略者杀戮。腐败无能的清政府签订了无数丧权辱国的不平等条约！清政府那团骄傲的火焰，终究被英法联军的攻击无情地浇灭了！

原因很简单：落后就要挨打！这是清政府用血泪总结出来的教训。"弱肉强食"是亘古不变的定律，和残酷的"丛林法则"一样，狮子是不会同情绵羊的。国与国之间也是这样，在你羸弱的时候，他们会"烧、杀、抢、夺"，变着法地欺负你。纵观历史，生存和掠夺似乎是一种常态。总之，千言万语汇成一句话："落后就要挨打！"

其实一时的落魄也不算什么，只有我们有志气，肯努力，有梦想，我们终究会有强大的一天。看着现在的中国，正是一代代中国人的不懈努力，让中华民族走上了复兴之路。我们要时刻保持忧患意识，不能再落后，不可再无能！

时光不能倒流，对于这座被毁灭的园林，残垣断壁，我们只能默默缅怀，这将是一个永远刻在所有中国人心上的伤痕。但是我们要痛定思痛，不断前行，共筑"中国梦"！正如《国歌》中所唱的那样："……起来！起来！起来！……前进！前进！前进！进！"

那迷人的地方

我游览过峰峦雄伟的泰山，游览过有无数奇石的千岛石林，还游览过千岛湖的蛇岛、鸟岛、猴岛……我用相机记录了无数风景，只为找到世间最迷人的地方。

记得有一次，我拿着我的小相机迷路在了老家的山上，那地方对于幼小的我来说实在陌生。起先我真的害怕地哭了一会儿，但看见草丛里钻出了一只猫，便抹了眼泪跑过去追，追到一半，路上一朵不知名的小花却吸引了我。它娇小，淡淡的红色，虽没有玫瑰一般的艳丽，但也足够吸引人，我掏出了相机拍了下来。一棵被砍倒的大树，年轮透出了无限的沧桑，这棵树的根似乎在向我诉苦。我拿出了相机再次按下了快门。

走着走着，我看到了一条小路，向下望便是我的村庄，但好奇心十足的我不准备马上回去，而是向山上走。爬到山顶时，可以看到村庄的全貌，那是我出生后第一次完整看到的家乡。一条小溪横穿村庄，蜿蜒曲折，在太阳的映照下波光粼粼。对面一座山上几个正在劳作的村民，还有一条老黄牛啃着草，不时发出"哞哞"的叫声……此时快门已经按得停不下来了：山涧的流水，劳作的村民，村庄的全貌，路边的植物……全都那么迷人！原来世上最迷人的风景，其实就是自己的家乡，也正是那一次我登上了我从未登上的高峰。

其实美就在身边，只不过我们缺少发现美的眼睛，也许世上最美的景色就是家乡的山坡，也许世界上最甜的水就是家乡山涧里的水……

拜见书法大师

今天，舅舅请我们全家吃火锅，据说，还有一个大的惊喜！

我们全家乘车来到"九庄火锅"。路上，爸爸妈妈在讨论什么菜配什么料好吃，而我却在想"惊喜"是什么。一走进店中，我便调了一碗正宗的"余氏配料"，飞奔到了舅舅身旁。舅舅对我说："小宇，对面是程伯伯，叫一声，他可是名人哦！""真的？"我问道。"骗你干吗，不信你上网搜搜程毅强呗！"我掏出手机搜了搜，立马跳出一大堆资料，我终于明白了对面的"程伯伯"就是大名鼎鼎的书法家程毅强先生！突然我感到特别荣幸，这是我有生以来第一次与名人共进晚餐。我们用餐完毕，程伯伯说了一句："我今天高兴！请你们到我家玩玩！"

程伯伯带我们去了他的家。一进门，迎面是一股沁人心脾的墨香，我不由得深吸了一口气。这时程伯伯拉着我的手进了另一个房间，很显然这是书房，是墨香的来源。墨香中夹杂着屡屡书香。"我看你非常有灵气，这样吧！我送你一幅字！"说着大师拿起了一支我从未见过的大毛笔，"你看，这支毛笔的毛硬了，是有好久没写了，今天我用这支笔写的第一幅字，就是你的！"说完他蘸了蘸墨汁，润了润笔，大笔一挥，一口气写了"积学储宝"四个大字。大师意犹未尽，又提笔写了幅"学海无涯"。我聚精会神地盯着，显然我被大师的精湛技艺深深吸引，"程伯伯是怎样练就这精妙绝伦的书法的呢？"大师似乎看穿了我的心事，拉着我在茶几边坐下，顺手拿起茶杯吹了吹并抿了一口，缓缓说道："我参军的时候，特别爱好书法，便利用业余时间练字，没墨、没宣纸的时候甚至要借钱买，光墨和宣纸就废了几大卡车，久而久之我的书法越来越精湛，名气也越来越大，得到了许多名人大家的认可。我的墨宝曾经被当作'国礼'送给新加坡等国家……如果没有那时的努力与坚持，就没有今天的成就！就像你写一部书，半途而废了，一部好作品也就废了。"看我听得如此认真，大师翻箱倒柜，找出了一支羊角狼毫工艺毛笔递到我手上，"希望你能像羊角一样勇往直前，但凡做学问都要有羊角那种执着、向前的精神。"我郑重地接过羊角毛笔打量着，并思索着大师的话，若有所思地点了点头。之后大师又找出两支小毛笔，"这两支毛笔送你，是希望你能多学多练，一定会有收获的。"

最后大师应我们请求，与我们合影。"咔嚓！"相机记录下这美好的瞬间，他的形象将永远烙刻在我的心上。

手拿着毛笔，耳边似乎回荡着程伯伯的教诲。回来的路上，我们心中都充满了莫名的欣喜。

异世界的旅行：性本善

马面人的协议是什么呢？走进本期你便明白！

马面人摆出了一副庄严的表情对我说："这个协议很简单，不要把我们的位置透露给别人。"我知道，马面人不想让以前的那场悲剧再次发生，我毫不犹豫地答应了。临走前他递给我一块非常漂亮的水晶，接着，我匆匆上了船。

回去后，马面人将时光倒流了一天。我一回家，爸爸就看了那块水晶："哪儿来的？好像从来没见过这种水晶了。""我……我……我路上捡的！"第二天，爸爸偷偷拿着水晶来到矿石鉴定科。经过一系列的检查，专家拿出鉴定报告说："这种矿石应该是新型种类，内部含有活性的植物细胞，经特殊电子刺激可生产不可估量的巨大能量，说！从哪里来的！"鉴定员关上门窗，打了个电话："喂！元首啊！我这里有一块石头……"当我发觉水晶不见的时候，有一股不祥的预感涌现了出来，"糟糕！香木端会被发现的！"我立刻赶往矿石鉴定所，却发现爸爸被鉴定员注射了麻醉剂，失去了知觉，而我也被带进了国家级脑科医院。通过一种"记忆读取器"，将我的记忆读取了下来。通过分析，他们确定了方位与坐标，并匆忙告知了元首。躺在实验室里的我逐渐恢复了意识，在半梦半醒时分，我的脑海里反复浮现着马面人的一句话："翻翻皆有书香，提笔皆有墨香，能够咬文嚼字是人类文明进化一壮举，人性本善，但经世间万苦后，皆成恶！"元首立即派出大批空军准备袭击"香木端"，目的就是满足他的野心。

"香木端"的结局究竟会怎么样？敬请收看下一期"两个结局"！

老师评语：现象力很丰富、结尾留有悬念，期待下一期。

不满足是向上的车轮

和往常一样，我一放学就会通过一部小小的手机，传递着我的喜与忧。"老爸！我这两次英语考得都不错，一次99分，一次100分！"听到这句话，老爸欣喜若狂，言语中掩藏不住喜悦之情。我知道他一定会送我一份礼物为奖励。

"咚咚咚！咚咚咚！"响起来一阵急促的敲门声，我知道：爸爸回来了！我急忙起身去开门。爸爸面带笑容进了门，抚摸了一下我的头，顺手把包挂在了衣帽架上，拉起了我的手走向了客厅。我们谈笑风生，厨房里飘来了阵阵菜香，这是一幅多么温馨的画面啊！可是幸福的时光总是那么短暂，老爸突然说："把单词复习一下吧！温故而知新嘛！"我立刻被拉回现实，很不情愿地回了一句："不要！我分数都这么高了，还需要复习吗？"老爸平复了一下心情，耐心地开导我："一时的成绩不代表今后所有的成绩，我承认这几次你的确考得很好，值得表扬，但不能因此太过满足。"老爸打开皮包，拿出了一个信封，"这

浙江少年文学新星丛书

第六辑

就是我要给你的礼物！"这小小的信封该是藏了多大的惊喜呢？海洋馆的门票？音乐贺卡？算了，我实在猜不出来，还是打开吧！我撕开了信封，里面有一张大大的字条："不满足是向上的车轮——鲁迅！""不要太过满足于现状，骄傲会阻拦你的前行！你的成绩爸爸时刻都在关注，你的每一次进步，都是送给我们最好的礼物！"爸爸一本正经地说着，我也默默地回味着。这也许是我老爸送给我的最有意义的礼物了！这时老妈从厨房里端出了一盘红烧肉，嘴里喊着："开饭喽！开饭喽！"望着满桌都是我爱吃的菜，我不禁心中涌起一股暖流。不管是爸爸的鞭策与精神鼓舞，还是妈妈的美味奖励都是对我满满的爱。

爸爸的话一直深深地烙刻在我的心上，我也时刻不会忘记爸爸的话，因为我相信它会使我终身受益。我也不会忘记鲁迅先生的告诫，做他笔下那个向上的车轮！

家长评语： 小作者在该文中行文流畅，情感描述到位，又具有教育意义，非常不错，值得表扬。另外，书写特别认真，点赞一个！

我的寒假"纪录片"

这个寒假是充实的、快乐的，我经历了许多有意义的事：上岛做公益，集体寻石，在崎岖的山路上拍下一部自制的"纪录片"《化自然为工艺》……这个假期有惊险、有快乐、有意义。

这个寒假我第一个进发的地方，必定是老家，那是我留下无限精彩回忆的地方，那熟悉又陌生的山野，让我发现隐藏在这个小山村里的无限美丽……有一天正巧大家都在，而他们也正想找块漂亮的石头作为鱼池装饰，于是我提议，循河道而上，一路上找石头，又可以游山玩水，岂不美哉。我们一路上看看这块，看看那块，终于找到一块长条状青石，造型奇特，花纹美丽，最重要的是——它是原石，未经任何人工打磨形成的，完完全全是大自然的作品，于是那块大石头被我们运回了家。

我们继续前行，此时映入眼帘的是一座石拱桥，这是我童年记忆中经过并流连了无数次的地方，仅仅只是因为它提供的小小的一片荫蔽。每次我爷爷上山干活，累了就

浙江少年文学新星丛书

第六辑

钻入桥洞休息。我和爸爸不约而同地走进了桥洞，听爸爸说他许多美好的童年记忆。于是父子俩在桥洞快乐地分享着童年的趣事，在妈妈的催促下才恋恋不舍地离开，并继续前行。我们走着走着，看见一大片泥地，泥地上面有一片熟悉的植物——薏苡！这是一种煮熟可以吃，穿起来可以当装饰工艺品的东西，我打开相机，拍起了视频，我要记录下来。我们大家一起动手摘了满满一袋，准备送给亲朋好友，这种纯天然的工艺品，又健康，又漂亮，又有童趣，应该会有很多人喜欢，这会是一种很好的商机。天色渐晚，回家的路上，我又拍了许多风景，还遇到了许多捕兽夹。还有，据老人说这地方以前曾是兵工厂。

这次游玩，既饱览了美丽的风景，又回味了童趣，还发现了"商机"，而且还了解到野外的危险，这是寒假中最充实的一天！

家长评语： 作者真实地描述了寒假里最有意义和最充实的一天，从他的笔端能真切感受到他质朴的快乐，虽然开头有点啰唆，但总体还不错，赞一个！

老师评语： 文笔质朴，把读者也带入了那充实的一天，题目可以换一换。

观《地球上的星星》有感

本部影片中，讲述了一个被众人认为是先天性智力缺陷的孩子。父母以及老师对他失望，甚至绝望了，然而一位新来的美术教师却找到这位孩子的优点，并成了他的"人生导师"。在一次画画比赛中，他以卓越的表现摘得了桂冠。

看了这部电影，我深有感触，既然上帝为他关上了一扇门，就一定会为他打开一扇窗。世界上每个人或物都有它存在的价值，如果没有用，上帝创造他又是为何呢？智商有缺陷的人可能在其他领域很出彩，淘汰的物品能让我们看到那段辉煌的历史，丑恶的人又会给其他人一个反面教材，引以为戒。并不是有了缺陷，人就废了，你可以看一看霍金，全身瘫痪，但他并未沦为一个废物，他用自己的知识开创了天文科学的新纪元；海伦·凯勒双目失明，她也不想沦为废柴，坚持写了一部著名的散文集《假如给我三天光明》；贝多芬从小有耳疾，到了晚年完全失聪，但他凭着对生活的热爱和对艺术的追求，依然投身音乐创作。他一生创作了60多首钢琴曲，他的《英雄》《命运》等交响曲，给人们生活的力量和勇气，激励人们前行。

"我劝天公重抖擞，不拘一格降人才。"孟尝君广纳贤才，门客三千，留下许多精彩的故事，如：鸡鸣狗盗、毛遂自荐等。每个人都是有用的，只要你慢慢发掘他的优点，爆发他的潜能，加以正确引导和培养，就一定会成为对社会有用之人。

家长评语：观后感，重点在感悟，作者看了一遍就抓住了影片内在本质的东西，很难得，而且写作态度很认真，相信多去尝试写，读后感一定会写得越来越好！

永远的女主角

社区里最引人注目的是谁？大概是我的外婆了，她并非名人，也并非腰缠万贯，也谈不上有沉鱼落雁之貌，为何如此引人注目呢？

在别人面前，外婆永远是活力满满，整天有用不完的劲，她那劲就是绕千岛湖走上几圈也不成问题！在老家，外婆不是做包子就是包饺子，不是擀面就是做粿，完了拿上锄头就干除草、种花之类的活。外婆家是我最向往的地方，坐在石桌旁，大口大口吃着外婆做的美食，闻着满院的花香，看着喳喳叫的鸟儿在葡萄架上跳来跳去，墙角还有一条狗聚精会神地啃着骨头，我的外婆就喜欢这种田园生活，我也喜欢！

我的外婆没上过学，因此大字不识一个。谁也不知道什么时候，也不知道为什么，她开始爱上了学习。她会随时随地学说普通话、学写汉字和练习造句。别人怎么笑话她、打击她都没让她泄气，不得已有时只能求教于我这个小学生，哈哈！我竟然也可以当外婆的老师了。一分耕耘一分收获！不知不觉到现在她已经学会了几百个字词了，而且从拗口、蹩脚的"土式"普通话"进化"到了纯正、流利的标准普通话。

她求知若渴，也"贪恋"钱财。在自己人面前呀，用一个词来形容——节俭！衣服旧了也不买新的，老掉牙的破手机就用牛皮筋扎一下将就着用。路上看见废纸板、旧箱子、木棍子、钢筋、铁丝等，反正在她眼中只要能卖钱的或有一丁点用处的都会带回家。因此我们十分苦恼，就怕每次外婆一出去带一些废物回家当宝。尽管我们大家都劝她甚至集体抗议，可就是"恶习"不改！她还在空闲时节四处打工赚钱，食堂烧饭、保姆、清洁工，什么活都干，起早贪黑，风里来雨里去，从没怨言！每当我们大家劝她时，她总是说："我多赚一点儿，大家就轻松一点儿！"其实她的心思我们都知道。

坚持做生活的主角，外婆就是这样。当然有时候她也会穿得潮潮的，戴着墨镜、穿起大衣，但不管怎么变，依旧是我深爱的外婆。

一个人节俭久了便成了一种习惯，她会认认真真做好每一件事，即便是打工赚钱也从不偷懒，这就是我的外婆，岁月如刀雕刻着她那沧桑的脸，她不愿做生活的奴隶，她就想活出一个真实的自己。每当外婆站在我身边，我的心中便充满喜悦，那是一种幸福！甜甜的、暖暖的。

科学·生活·智慧

爱迪生发明了电灯等物品而被后世称为"发明大王"，但在生活中"爱迪生"无处不在，只需一点点小智慧就可以让生活更美好。

如往常一般，下午3:10我们准时开始练乒乓球，老师在我们打完后总吩咐我们去捡球，通常捡完满地的球我们都会累趴下。有人抱怨说："干吗不专门叫个捡球的人呀！"我顿时有了灵感，为什么不做一个简单的装置呢？我的大脑开始急速运转起来。教室是长方形的，一般飞出的球往左斜45°左右，而大约50°处有一个阶梯，所以球极易滚入阶梯下，而阶梯下有一玻璃门阻挡，所以球会停留在那空隙之中，所以……我看了看脸盆，又看了看玻璃门，突然脑子灵光一闪，"哈哈！有了！"首先我们在玻璃门和阶梯的空隙中塞了三个脸盆，刚好放得下！但接下来，我们看见一小部分球从脸盆间缝隙"溜"了出去，于是我们又在缝隙上加了两个脸盆。哈哈！果然好多了！但是又有了一个新问题——有些球却留在了台阶上，可恶啊！我们便又重组装置，球在阶梯上会进行"二次弹跳"所以那个点就是我们的优化点，于是乎在几次改进下，接球机顺利完工了。接下来，就坐等收球啦！果然几场球下来，几乎所有的球都如约进了装置，节约了很多捡球时间，我的小发明得到了实践的检验和老师的赞赏，我开心极了！

智慧改变生活，以前的人看手机，必须手拿着，而现在有了各种各样的支架。以前开罐头要用刀，而现在呢？加个易拉环，省力多了！记得有句广告词："科技改变生活！"只要我们遇到问题肯思考，哪怕一点点小智慧、小发明就能让生活更精彩！

家长评语：作者肯思考，于细微处闪现智慧的光芒，由小及大发出感慨和总结，实在出乎我的意料。希望能保持对生活永远充满好奇和探究的态度。

时间的归宿

转眼间，故乡的花儿开了又谢，谢了又开，几度夕阳，几度春秋；门前的燕子飞了又回，来年春天再回故乡，突然间我的心头微微一颤，一句话涌上心头："奶奶！时间有家吗？"

小时候的我是那样的单纯、幼稚，我经常会问一些傻傻的问题。一次，我奶奶的一个朋友在车祸中遇难了，大人们都在哭，那时的我并不理解，只是笑着说："人死了应该会上天堂吧！说不定他会来看您呢！"回家后奶奶便对我说："傻小子！根本没有什么天堂！"

小时候，经常陪着爷爷上山干活，叶子绿得发亮，可是一到秋天叶子枯黄随风飘落，为什么一到春天叶子又绿得发亮呢？是时间回家了吗？这时奶奶便会哄我："对！它回家睡觉去啰！""它的家在哪儿呢？"我追问道。这时奶奶便答不出来了。

多年以后，眼看着身边的人老去。我问为什么，他们总会从容地回答："时间回家了！"时间的家在哪儿呢？眼看着落叶归根，花开花落，或许时间一直在流浪，寻找珍惜它的人。那个人就会获得时间的宠爱。

大东坑游玩手册

好似不止一次在梦中遇见几条倾泻而下的瀑布，展现着你那优雅的姿色，不求钻石黄金镶嵌，只求绿树红花环绕，古老的山泉汩汩流淌，好似"清泉石上流"。一条曲曲折折、寂寂幽幽的山路通向山谷深处，那是无数先人为仰慕你的仙姿而踩出的一条小径，我闭目陶醉于瀑布与山泉，鸟语与花香……与你近距离，你的仙姿令我神往，而今日我们又相会了。

初到大东坑，面对岔路，我有点束手无策。但是远处传来的瀑布声，却吸引着我走向它。我手脚并用，走了十几分钟。轰隆隆的瀑布声越来越大，冲击着我的耳膜。过了转角，一条瀑布从天而降，展现在我的眼前，我惊呆了。不由得，我径直走向瀑布，只见水花四溅，颇有雄壮之感，但又不同于黄果树瀑布那样。它更像一位少女，倾泻略显温和，溅起的水雾让人十分舒服。离开后，皮肤异常水嫩，还夹带着植物的芬芳。爬累了……前面的小山泉，可谓是"休闲宝地"，面对"汩汩"而来的山泉。你只需在山泉冲刷出的洼坑里，扔进西瓜、黄瓜、生菜待食，再洗把脸，掬一口山泉，继续上山。

没过多久我们来到了"一线天"瀑布，相对于主瀑布，它少了一些雄伟之气。但笔直的瀑布倾泻而下，犹如孙悟空从九天掷下的"定海神针"，不输一丝霸气。坐在旁边的青石上，我抬望眼，似乎感觉到李白"飞流直下三千尺"的味道。聆听着鸟鸣山谷的声音，任由着氤氲雾气的笼罩，我是多么想再逗留一会儿啊！可是时间不早了，我只能跟随它们顺流而下，好在有先前存留在水洼的美食等着我们。面对炎炎夏日，冰镇西瓜可谓是诱惑力十足，尤其经过百年山泉的浸泡，那"冰力"、那瓜香、那脆甜，简直无与伦比。吃西瓜的空余，我们又悠闲地嚼了几片生菜，拿着黄瓜蘸着山泉，一口一口，在那斑驳的树荫下，感觉棒极了！

大东坑，是留在我童年中的一块翡翠，是不可玷污的纯洁。在我心中永远有一个角落，是用来盛放儿时美好回忆的。

别样的体验

安阳，是一个从属于千岛湖的小乡镇，峰峦叠嶂，万紫千红，我踏入深山，开始了体验之旅。

体验一：收获

初入山林，是一条新建登山步道和几条山人行走的羊肠小道交错着。荒废的茶园，绿油油的，无人采摘。茶树之下，有着好多鲜艳的野草莓。地莓，是鲜红的，爽口多汁，个大味甜；而树莓呢，确实另一种味道，酸酸甜甜，个小实心的，红得没有那么鲜艳。但万万不可采摘的是蛇莓，它的颗粒并不分明，是一个个小小的红色凸起，据说有毒，听老一辈人说那是蛇吃的。老妈正采着茶叶，而老爸蹲在地上摘着野草莓。老妈把采来的茶叶垫在下面，老爸把野草莓铺在茶叶上。不一会儿，茶叶与野草莓混合发出一种独特的香味，让我忍不住又偷吃了几颗，"嗯！味道真不错！"

采草莓的行程仍没有结束，我们不知不觉摸进了竹林，满地的野草莓，个大肥美，在阳光下晶莹剔透，似乎在向我招手。说干就干，我的手犹如小鸡啄米般采摘着。看到"巨无霸"就直接塞到嘴里，一股香甜，让我忘了腰酸背疼。不一会儿，这一片野草莓被我们几个扫了个精光。而此时突然听到外婆如获至宝般的大叫声："这里有好多小竹笋！"于是我们又去外婆那拔笋，不一会儿就一大堆了。由于我们事先没有准备大的袋子，外婆灵机一动，脱下了外套，将竹笋捆扎了起来。我们提草莓的提草莓，背竹笋的背竹笋，大家满载而归！

体验二：加工

一路上我都在想野草莓汁应该也是一种美味，而老妈说想吃老酸奶。于是我又一个新奇的想法，一回到家就鼓捣榨汁机。我拿了一杯纯奶和一大堆野草莓，为了提升口感，又加了几片苹果和少许冰糖。材料准备好后，榨汁机开始工作了，不一会儿，一扎酸酸甜甜带着果香的草莓奶昔准备好了。我又添了几片新鲜的茶叶，浓浓的草莓味加上茶叶的清香，令人心旷神怡，口味一定很赞。此时厨房里外婆和老妈正在剥笋，刚剥出来的笋鲜嫩欲滴，泛着竹香。老爸估计属狗的，老远就闻到了香味，心情极佳，准备用刚剥的小竹笋炒我最爱吃的竹笋腊肉粒粒粿。三下五除二，可口的"老爸牌"竹笋腊肉粒粒粿出锅了。大家围坐在客厅里，一边吃着粒粒粿，一边喝着我的草莓奶昔，有说有笑，其乐融融，那场面温馨极了！

家长评语： 生活是一切创作的源泉，作者接触大自然而有感悟和体验，并描述得如此纯真，值得表扬和效仿。

速度与激情

电影里，主角们个个开着汽车漂移在街头，当国际车赛进行得如火如荼的时候，我曾憧憬着，成为一名赛车手，体验一把漂移的感觉。

终于有一天，我们来到建德的汽车公园。公园里有"大黄蜂"，也有"擎天柱"，不仅如此，还有世界各地的汽车模型。在角落里还有一家公交车改造的特色餐厅。远处不时发出"呜——呜——"的声响，特别吸引着我，我们迫不及待地寻声而去。不久一条"卧龙"慢慢映入眼帘，赛道上发动机刺耳的轰鸣声，空气中弥漫的橡胶味，以及一阵阵的尖叫呐喊声，让我立刻血脉偾张。待老爸买了票后，我就迫不及待地戴上安全帽，坐上了似乎熟悉但却陌生的卡丁车。我一踩油门，卡丁车如离弦之箭飞一般出去了，吓了我一身冷汗，赶紧绷紧方向盘，踩下了刹车，那速度又像乌龟在爬行。也许是心有不甘，一种强烈的欲望驱使我壮足胆子，不停地猛踩着油门。发动机的轰鸣声让我异常兴奋，强烈的感官刺激似乎让我进入了另一个境界，速度、激情，这放手一搏的感觉，是如此棒！仿佛置身于F1的拉力赛场，尽情漂移，几圈之后，我到达了终点。短短的半个小时，我似乎跟赛车有了一种情愫，难舍难分！我多想再回到赛道上，猛踩油门，来一场激情漂移。

"呜——呜——"远处赛道上依旧尘土飞扬，似乎还能闻到橡胶摩擦的焦味，我不舍地猛吸了几口。

我有了一个梦想，有一天驾着赛车，驶出荣耀，驶出风采，驶出中国人的志气！

密室逃脱

"祝你生日快乐！祝你生日快乐……"听，是谁在过生日呀？哈哈！乃我也！

下午4点，我们去和味坊拿了蛋糕，又去超市买了些东西，便早早地来到学校门口等候。离约定的时间还有20

分钟，我的好哥们儿邵博洋就早早地来到了，紧接着我的其他好友也一个一个地到了。他们纷纷从袋子里掏出了生日礼物：模型刀、手指陀螺、密码铅笔盒……正当我摆弄着礼物时，徐昱升看了我一眼，我立刻明白了他的意思，那是我们事先约好的节目——密室逃脱。我连忙叫老爸带我们去那里。

买了门票后，老板把我们带进了密室，游戏就这么开始了。今天的闯关主题是"闯秦陵，夺玉玺"。第一关我们就和一旁的兵马俑大眼瞪小眼了。徐昱升干着急，无聊地舞起了大刀，结果摔倒在地。"唰"的一声，露出了一幅玄机图。邵博洋明察秋毫，立刻领会了其中的意思，快速在"廿七"上按了一下，我们就进入了第二关。第二关的墙上布满一支一支的箭，我们毫无头绪，你拔来我去按，几个人转来转去无丝毫进展。我恨不得把它们全折了，顺势一脚，踢在了墙脚上。"啪"的一声，竟然弹出了一个暗格。里面藏着一捆竹简，通过对竹简内容的分析，我们得出"六和四海"四个字。于是我试着去按了按"六"那支箭，竟然被我们按进去了。于是大家分别按了剩下的"合、四、海"，"咯吱！"一声，门开了，我们又闯过了一关。到了最后关头了，只见房间墙上"左青龙，右白虎，上朱雀，下玄武"，中间还嵌着一个圆球。我们把四大神兽一个一个取下来，另一边墙上的保险门就自动打开了，我们再依次放入这四大神兽，里面藏玉玺的暗格就弹出来了，拿了玉玺，我们便成功地逃脱了密室。最后一关也太简单了，毫无悬念，我们都有点失落和遗憾。不过我们把玉玺交给了老板，竟然还能领赏，顿时开心了很多。

这次密室逃脱，我们是误打误撞闯出来的，虽然最后一关略有遗憾，但总体还是很开心的，他们陪我过了一个特别的生日。但我的生日活动远不止这一项，下期我将会向你们呈现一个完整的生日Party！

家长评语：生日是他最在意的事情，今天兴奋了一天，有好多可写的素材，难怪一回家就迫不及待地写了起来，如果学习有如此劲头就好了！

江西行

这茫茫的江西，美景数不胜数，田地与高山交织后似一幅五彩的十字绣，而这次我们的目标就是——江西弋阳！

到达目的地的我们疲惫不堪，抵不住软床的诱惑，我们静静入眠……清晨，大家早早地起来了，旭日东升，留在天边的那一片彩霞格外艳丽。我们一群人来到了一家小餐馆吃早餐。餐馆虽小，菜肴却是地地道道，异常可口。吃完早饭，我们补充了一些上山的必需品，就出发了。路程并不遥远，仅仅用了20分钟，我们就到了龟峰脚下。我这次主要是来挑战那长长的玻璃栈道的，期待了很久，却还是有点紧张，不知道我能否挑战成功。进入景区后，我们登上了观赏船，在导游的指引下，我们看到了龟峰大抵的全貌，有的形如乌龟，有的形如狗熊，有的活像一只凶猛的老虎……听导游的介绍才知道它们是：恩爱龟、老虎听天书、狗熊望蜜、乌龟拉火车、巨龟……

　　游船靠岸后，我意识到我们的征途才刚刚开始，听导游介绍我们要3个多小时后才到玻璃栈道，在此之前我们要跨过最高的险峰——驼峰！刚刚开始我们这个队伍还有说有笑，等到驼峰脚下已经气喘吁吁。那几乎是90°垂直的阶梯，当我们手脚并用登顶时，别提有多得意了！整个弋阳一览无余，有"一览众山小"的气势。俗话说："上山容易下山难。"我们只能双手紧握栏杆，一步一步依偎，膝盖一直打战，稍不留神就是粉身碎骨。但我们还是下来了，神气吧！

　　下一个目标就是近在眼前的玻璃栈道了。一开始上去并没有什么感觉，但是透过玻璃往下一看，底下是万丈深渊，我不禁双腿打战，全身发抖，头晕目眩。想去抓栏杆又不好意思，只好看了看远方，故作镇定，坚决不让旁人看不起。

可是周围的人呢？各个鬼哭狼嚎，尖叫声不绝于耳。有的靠着山壁战战兢兢摸索着前进；有的坐在玻璃上被人拖着往前走；有的干脆趴在栈道上匍匐着往前移动；还有一个人最搞笑，硬抓着护栏，任凭别人怎么拽就是不肯往前迈一步，看得我们哈哈大笑。相比之下小孩子要勇敢得多，他们在玻璃栈道上蹦蹦跳跳，跑来跑去，后面的家长左右为难，想去抓又控制不住自己发抖的双腿，除了呼叫与呵斥，只有干着急的份儿了。走过玻璃栈道，那是我今生最难忘的回忆……

烈日当空，骄阳似火，火辣辣地烤着大地，我们一行人各自打道回府了。江西，一个让我魂牵梦萦的地方！

夏日·童年·水火箭

六一，我终于收到了老爸的礼物：Kindle阅读器与水火箭。今天，先撇开阅读器不说，来谈谈我的水火箭吧！

六一的下午，老妈背着个长方形的盒子回家了。一到家我便问个不停，心里有着各种猜测。老妈只得无奈地递给我一把剪刀让我"开箱验货"。一开箱便露出了一副"狰狞"的金属架和一些花花绿绿的小部件，哈哈！是水火箭！

我下定决心，今天一定要把它拼好。分工很清楚，老妈去买可乐，外婆把可乐封装起来。而我用瓶子做火箭。"咔嚓"一声，一个瓶子被我腰斩，并换上了一个流线型的火箭头，然后粘上尾翼，最后把瓶盖换成发射盖……完成了！我自豪地欣赏着它，尽管它并不完美，但也算个小成就吧！老爸在微信上提议周六试飞，这时我还不忘调侃一番"古德艾迪尔"！

　　周六了，天蒙上一层薄纱，昏暗昏暗的，让人很不舒服，这种压抑感让我很不是滋味，偏偏又是这种时候，进行一种充满活力的运动，有点反差感，但还是拖着工具下去了。不约而同，占劲浩竟与我们同行，到了学校操场，太阳稍稍露出了几缕微光，我往火箭里倒了1/3的水插入了发射器，占劲浩打气，我控制开关，老爸拍摄。"嗖"的一声，火箭在空中划出一道美丽的弧线，喷出的水流在阳光的照射下，如一条彩虹。那一刹那，天空仿佛更亮了，周围的人越来越多，都来围观这个小玩意儿。于是我们便周而复始地发射，玩得不亦乐乎。人群中不时发出感叹科技力量的声音，而我们也被这声音鼓舞着，心里暖暖的。

　　一地的水，形成了个大水坑，我们的"表演"结束了，收拾好器材，可是观众们似乎意犹未尽，有点恋恋不舍，我们在众人的注视下缓缓离场，只留下一摊水与折断的尾翼……

家长评语：文笔流畅，写感兴趣的事情总能一气呵成，爸妈希望你能保持这种状态。

老师评语：语言很有感觉，文章注意分段。

我的收藏

在我书房的书架上，总挂着一支弯弯的羊角毛笔，这支毛笔我已经收藏有好几年了，对我来说有着特殊的意义。

它是一根弯弯的长长的羊角，在羊角的根部有一撮狼毫，羊角如弯曲向上的旋风，虽然有些磨损，但不改它的遒劲，笔锋处狼毫白中带黑，丝丝缕缕，柔中带刚。它早已不用来写字了，对我来说是个具有象征意义的收藏品。

这支毛笔是我第一次去拜访书法大师程毅强伯伯时，他赠予给我的。当时他听闻我考试不错，作文得奖，一时兴起，大笔一挥，给我写下了"积学储宝"四个大字，笔力遒劲，力透纸背！并兴致勃勃地谈起他自己的成长经历，其中的坚持与执着让我感动不已。之后他郑重地把那支羊角笔送给了我，鼓励我做学问一定要吃得了苦，要有山羊一样顶针的精神和执着坚持的毅力。我受宠若惊，此时的毛笔似有千百斤重，让我的手颤抖不已。

这是我一件特殊的收藏品，我把它挂在我书房的书架上，每一次看到它，就仿佛听到程伯伯的谆谆教诲。这小小的羊角笔竟然能给我一种神奇的力量！

作文比赛领奖感言

亲爱的同学们：

你们好！今天我很荣幸能够站在这个领奖台上，内心感到万分激动。因为我获得了班级作文比赛一等奖！

我记得自幼儿园起，我就对故事情有独钟，每天晚上要听着故事入睡，也喜欢看各种图书，即便是只认识图片。有些时候我也会"即兴创作"一篇小故事，绘声绘色地讲给家人听，家人的表扬是对我最大的鼓励。

渐渐地，我开始识字，一年级时我爱上了许多拼音读本，之后随时间的推移，我爱上了《草房子》与《皮皮鲁》。可以说曹文轩给了我文气，郑渊洁给了我想象力，在这两股力量的驱使下我学了很多。前期我以丰富的想象力突破了我的高分纪录，而后期我致力于古文与写实。就这样写着写着，我发现：我爱上了写作！我天生继承我老妈的口才，见了石头都能聊，这便是我的优势，其次我看过许多历史剧、名著与散文，这使我的作文风格独树一帜。

后来我在写作的路上越走越宽，我就大胆地写起了词、诗与小说。很多同学不相信我的作文高分，所以我想参加比赛来证明自己，没想到皇天不负有心人，我终于夺冠了！

感谢我读过的书！感谢老师的鼓励！感谢所有支持我的人！没有你们就没有现在的我！谢谢大家！

枣糕

故事发生在"二战"时期的一个不知名的小国。约翰出生于一个贫困的家庭，他的母亲以卖枣糕为生。约翰作为得力干将得经常上山寻枣和出门卖枣糕。但他不想整天就做这些事，他想加入军队为国争光。

后来枣的收成很差，家中囤的枣也快没了，这时约翰的妹妹竟然偷吃了几块枣糕。约翰知道了后十分恼怒，就对妹妹破口大骂，这时妈妈冲了过来对约翰说："约翰！她是你亲妹妹啊！偷吃几块枣糕又怎么了？"约翰觉得很委屈，含着泪叫道："那可是我冒着生命危险从悬崖下打下来的枣啊！""约翰要知道……""我不听！我要去军队！我要离开这个家！"约翰挥泪甩门而去。

约翰参军不久，一场恶战就降临了。硝烟、战火、爆炸、残酷的杀戮并没有让他退缩。战争中，他结识了一位挚友——杰里森。可是不久，一个噩耗降临了，杰里森中弹了，约翰背着杰里森来到了安全区疗伤。一封给约翰的急件送到了，"约翰！约翰！哪位是约翰？"约翰接过了盒子，里面是几块枣糕，散发着熟悉的味道。杰里森撑着一口气轻轻说："真香啊！可惜不是我寄给我的！"邮递员说："这是一位老妇人寄给儿子的，她不知道她的儿子在哪个连队，只知道她的儿子叫约翰，所以她就给每个连队叫约翰的都寄了一份……"约翰的心头一颤，他暗自下了决心。

一年以后，和平降临了，约翰只是伤了一只手。他回到了那熟悉的小巷口，轻轻推开了门。母亲依旧在生着火、和着面、泡着枣。这一道道工序，勾起了约翰尘封的回忆。他含着泪爆发了自己所有的情感，深情地喊了声"妈妈"。母亲与妹妹回过头来，三人紧紧抱在了一起。

感动可以是一句话，一块枣糕！它就隐藏在一些微不足道的细节中戳中你的泪点。而那个给你带来感动的人，只求一句"妈妈"，只求一次撒娇、一个拥抱！

我与另一个"昊宇"的故事

我们班有一个人令我印象十分深刻，他的名字我或许一生都无法忘却，没错，就是吴昊宇，我们俩连出生时间都相同。

在大家眼里他是全班公认的"矮子"，但他用他聪慧的大脑弥补了身高上的缺陷，并在学习上"大展宏图"。但在我眼里，他又显得十分倔，在别人眼中他错了，只要他不认错，能和你一直吵下去。虽然倔，但他是一个非常有责任心的人，只要是他负责的事，十件有九件都能办好。

还记得有一次订正，他负责监督我。一下课我就出去玩了，我刚迈出教室门，吴昊宇就说："你订正了吗？"我漫不经心地说："老师就没检查过这个，你就不用瞎操心了！"他扯大了嗓门儿："回去订正！"我知道，我拗不过他，他要真倔起来，下课的时光也不得安宁，我只好回位置上订正，生平第一次，觉得十分钟是如此漫长的，耳边的欢笑声完全掩盖了我钢笔发出的沙沙声，他就在我旁边看着我，给我讲题，一题一题，头头是道，总算是完成了订正，果然不出他所料，到了下午，老师就来检查了，那些没订正的都一一被罚了。那个时候我的心里浮起了感激之情，要不是他管着我，我现在可能也是被处罚行列中的人了。

这就是吴昊宇，虽然我们偶尔小吵，但友谊依旧。一生之中碰到一个挚友是一种莫大的缘分，所以我一定要珍惜这段友谊，友谊天长地久！

昨日与明天

经常听爸爸妈妈说起小时候的事，清澈的泉水、青蛙的叫声、蜻蜓的飞舞一幕幕映入脑海，那是一种享受。当我问起那是什么地方时，他们只会叹一口气，遗憾地望着我。

于是从小时候起，我就关注着我每一处生活的地方：没有青蛙的叫声，也没有蜻蜓的飞舞，树木日益减少，有些山头变成了秃头，甚至有些地方连干净的水都没有，汽车排放着尾气,大街上的人都戴着口罩……我躺在床上时常会憧憬爸妈记忆里的景象何时才能重现。

今天环境恶劣导致的后果,唤醒了我们对昨日美好自然生态的向往,人们不断修正与自然的相处之道,迫切期待与自然生态的天人合一。或许是大家的期许,政府在这几年开启了一系列的整治:用政策鼓励人们植树,有砍必有植,不能减少森林覆盖率;用措施指导人们垃圾分类、填埋、回收;村村建立河长制、路长制,并进行检查督促;企业转型,进行节能减排;渔排上岸,游船上不从事餐饮;发起剿灭劣Ⅴ类水活动……在政府的宣传引导之下,人们的环保意识越来越强:逐步改变了自己的一些行为,通过朋友圈等形式发动身边的人一起低碳出行,节约用水,少用一次性用品,还自发地组织一系列的植绿护绿活动……

随着政府的齐抓共管,随着人们的齐心协力,身边的环境越来越清洁,越来越美化,我们还享有了"国际花园城市"的美誉。我们目前坐拥着一湖秀水、一城好空气,我们看在眼里,舒服在心里,如果还能放养动物,和动物和平相处,把城市变成像非洲丛林和草原一样美丽,让动物也能成为一种独特的风景,就像西湖边不惧游人的松鼠。那样将会刷新我们以前那些记忆。

昨日是清澈的、愉悦的,但明天是飘忽不定的,自然给了我们一道无字的选择题,它没有答案,或者一步踏错终身错，环境一去不复返。为了美好的明天，我们一定要将世界变成一个大绿球，到时一切对环境的向往都成了现实……

先生，您有一元钱吗

生活中难免会有误会，误会的种类千千万万，而这个故事讲的也是一个误会。那它是怎样一个误会呢？话不多说，赶紧开讲！

天降暴雨，无情地肆虐着大地，狂风呼呼地作响，店铺早早地关门了，门口却坐着一个年轻人，衣服有些破旧。可能是曾经轰轰烈烈的梦想被生活的苟且打败了，一辆辆巴士呼啸而过，身无分文的他只能眼睁睁地看着。

一位老乞丐缓缓走来，他衣衫褴褛，脸上略显病态的苍白，布满小疙瘩，胡楂儿如长刺一般。这样可怕的脸庞却显出了过多的慈祥。他微笑地走向年轻人问道："先生，您有一元钱吗？"年轻人平日惯用的蔑视的目光这次对着的不是乞丐，而是自己，他觉得自己连乞丐都不如。顿时年轻人百感交集，强忍住泪水大吼一声："我没有！"大雨的沙沙声很快掩盖了年轻人的吼声。乞丐把地上那只破碗拿了过来，掏出一枚一元硬币给年轻人："我就知道你没有，雨挺大的，天也不早了，快坐车回去吧！"年轻人怔了一会儿，眼眶中停留了许久的眼泪还是不争气地夺眶而出。他感受到了亲人般的温暖，他闭上了眼似乎在反思自己的行为。等到睁开眼，乞丐已经消失在雨中。年轻人紧紧握着那枚硬币在雨中伫立了很久，很久！

一个没有误会的人生是不完整的，你会在误会中或受到磨砺，或感受温暖，或得到人生的启发！

恶疾缠身

暑假当然是到处玩玩才一级棒，因此我便频繁地在一个个地方穿梭。可是好景不长，我发烧了，唉！真扫兴！这就意味着我这几天都得窝在家里。我仔细回想了一下……

这一天的前一晚我的鼻子"大出血"，身子正虚，姐姐说带我去"冰雪城堡"，虽然我去过了，但夏日炎炎，挡不住冰的诱惑我还是去了。回到了那里，-8℃的气温让我从火炉到冰箱，畅快地游玩后，我们便回家了。

次日我便启程回外婆家，可谁知道一下车那疼痛立马来袭，这个感觉来自头部。我躺了半天，并仔细回想病因，难道是身子虚，进了温差约48℃的地方不适应了？晕车？还是贫血？我的体力渐渐不支……下午老爸带来消息，明天8:30补课，我们只得启程赶回千岛湖。

一到家我便躺在了沙发上，头又昏又痛，视线模糊，胃又在"大闹天宫"，老爸拿出体温计一量，"38.9℃！看来又得吃药了！"老爸嘀咕着起身去准备药了。喝了药，胃更加不舒服了，翻江倒海，又吐了一地。老爸拿来了温白开水，又让我嚼了苏打饼干，还给我按摩了肚子。唉！折腾了半天。迷迷糊糊听见老爸打电话向补课老师请假，可是我却开心不起来，因为生病真的很痛苦！

病每人都生过，生病是痛苦的，提醒大家，假期出行，注意健康！

我的世界

游戏是电子鸦片，使人沉迷，无法自拔，荒废了学业，弄丢了工作，从此人生毁灭。但转念一想，并不是每一种都是坏游戏，都会使人沉迷。

很多父母大部分时间都在工作，顾不上孩子，于是很多孩子都会找电子游戏来解闷。但游戏千千万万，我喜欢的就不一样，它叫《我的世界》，它对我有一种特殊的意义。

一切从你砍的第一棵树开始，你就已经踏入了自己的虚拟生活。我们每日辛苦劳作，只身一人来闯荡这个未知的世界，砍树、造房、生活……在这个被遗忘的世界里，一望无际只有孤独。走过一片片园地，孩子看到了创造，大人看到了孤独。

我们独自一人星夜兼程，对抗未知，不停流浪，在风吹过的森林中迷失了方向。世界如此浩大，多少天我们独来独往，听惯了一斧一锹的声音，习惯了怪物的穷追不舍。也曾静下心来听动物的低声吟叫，还有风穿过草地，越过树林那种轻微的、奇妙的声音。

对于我来说，我玩的不是这个游戏，玩的是它多年来陪伴我成长而所产生的情怀。

独立

这段时间爸爸妈妈都忙于工作，只留下我和姐姐以及与我那姐姐的同岁的姑姑，三个小孩独自在家，怎么解决各种问题呢？那就请各位听我讲一讲独立第一天发生的事吧！

暑假天热，个个都想睡个懒觉。等我起床的时候已经是10点多了，我看了看她俩，呵！睡得还正香！我饿极了，只能去冰箱翻了翻，看看有没有什么可以填肚子的。可是只有一些蔬菜、鸡蛋、饺子，而且还是生的。我正不知如何是好的时候，她俩醒了，也许是我翻找食物的动静太大惊醒了她们，也许是她们肚子不争气饿醒了她们。我们三个你看看我，我看看你，都不知道吃什么？商量了半天，最后决定还是吃泡面，因为这个最简单最快捷，毕竟咕咕叫的肚子等不了了。说干就干，马上分工，我负责往三个碗里准备调料，姐姐烧水，姑姑煮面。不出几分钟，一碗香喷喷的泰式牛肉面煮好了，最后只需轻轻一拌，下面的粉料立刻溶解开来，整碗面就像鲜血一般红了。我们一人一碗，迫不及待地开吃了，边吃边笑，这竟然是暑假里我们做的第一顿饭，味道好极了！

吃完饭后，我们陷入了沉思，刚刚还在庆幸少了父母的管束，过几天独立的日子，马上就被一顿饭打败了。俗话说："民以食为天！"暑假才刚刚开始呢，谁来解救一下我们！

大明山

8月14日，我们踏上了去大明山的旅途。从杭州出发，全程也就2小时左右，很快，我们就到了大明山脚下。山脚下小贩商户叫卖着各种美食和土产，偏偏我这个吃货对美食又垂涎三尺，但是为了节省时间，我决定下山后再来大扫荡，哈哈！

很快，老爸买了票，我们正式上山了。本想让外公外婆乘坐缆车，但是外公就是倔强，一定要陪我们一起徒步登顶。唉！没有办法，真是越老越不听话！我们大家只好从了他。

我们一步一步上山，但山路崎岖陡峭，没走几步，便喘不过气了。我们一群人只好坐在台阶上欣赏风景：低处小溪、山泉遍布，随处能听到"哗哗"或"叮咚"之类的声音。到了山腰又是另一番美景，果然有黄山的姿色，那咬定青山的"迎客松"，那雄伟陡峭的奇石，那郁郁葱葱的植被，好一个"小黄山"的称号。再向上走去，要经过悬空吊桥，底下便是万丈深渊，掉下去必然粉身碎骨。我情不自禁地吟诵起来："粉身碎骨浑不怕，要留清白在人间。"说完我浑身是劲，气力十足，大步流星地爬上了一个平台。原来这里是朱元璋起义的练兵场——千亩草甸，此处在修整没开放只能远观。现在杂草丛生，有"天苍苍野茫茫"的感觉，无奈时光的流逝，已经看不到历史的遗迹了，可是老爸说："黯淡了刀光剑影，远去了鼓角铮鸣，风吹过草甸，似乎能听到士兵的呐喊声……"我虽然听不太懂，但感觉有点沧桑。

我们即将去的最后一个景点便是大明湖。我知道此大明湖非彼大明湖，但我们还是聊起了《还珠格格》。湖中鱼群翻腾，我们洒下一些食物，它们便争先恐后地抢着吃。我们一边观鱼，一边闲聊，稍作休整便准备下山了。

虽然又热又累，但我们还是玩得不亦乐乎，最后我们是乘坐旱滑梯下山的，感受了一下风驰电掣。一天的行程正式结束了，望着远去的大明山，不知何时能再见。

读《狼王梦》有感

　　她是一只丧偶的母狼，她是四只狼崽的母亲，她一次次失去了亲人，她不断感到失落与无助。他继承了配偶的遗愿，携子争"狼王"，但最后自己的儿子一个个倒下了，只剩她唯一的女儿，可是没想到被怀孕的女儿误解赶出了家门。最后他看见了与他有杀子之仇的老雕，又想来吞食自己的狼孙，并与它展开了殊死搏斗，直至壮烈牺牲。死前她依旧抱着那最初的梦想：自己的后代能成为真正的"狼王"！

　　整部《狼王梦》充斥着无数的悲剧，即使这样，母狼紫岚都未曾放弃。看整部小说就如坐过山车一般上上下下，从有了新希望到希望的破灭，从高潮到低谷，这便是狼的一生。整部讲了狼群生活，也讲了自然法则及弱肉强食。紫岚的儿女个个夭折在这残酷的法则之上。这又像当今社会，落后就要挨打。

　　说实话，每一本书都有让我们记忆深刻的人物。《狼王梦》中无论是无比奸诈的洛夏，还是一直追求紫岚的卡鲁鲁，都刻画得很鲜活，让人难以忘记，但我最为关注的还是蓝魂儿与紫岚。蓝魂儿在接近成功的道路上，却被猎人的食物勾去了魂，我深感惋惜。而紫岚是一个充满母性的伟大母亲，她就像我们平日里的父母，平凡而伟大。古有孟母三迁、三娘教子、岳母刺字，今有紫岚狼王梦，就如天下父母，为了我们的前程哪个不是用心良苦、煞费苦心？平日里可能被骂得狗血喷头，但次日清晨永远给你准备了你爱吃的香喷喷的早餐，精心挑选的衣服，出门还一个劲儿地往书包里装水果、牛奶……这无微不至的爱，就是"天下父母心"。

没有父母就没有我们，失去了父母的关心和管控，你的内心世界就会变得灰暗，你有可能放弃学业，走上歧路，没有了辉煌人生或诗与远方。

我很感谢《狼王梦》教会我们如何做人，如何坚定梦想永不言弃，读懂父母且教会我感恩。紫岚和她的狼崽永存我心底……

最美的"风景"

我心目中，最美的地方叫"家乡"，那是我多少次魂牵梦萦的地方。但我却找不到那儿最美的风景，直到那一天，我终于找寻到了梦想中最美的风景。

因为上一次的山林迷路，奶奶便不再让我独自上山了。可是我觉得在家待得无聊极了，还好爸爸回来了！不过他却坐在椅子上津津有味地看着书。"爸爸！我要上山玩！你陪我去呗！"老爸看了看我，转身走上阁楼，拿出那尘封已久的箱子，"这里面有个东西会陪你上山的。"说完老爸从中翻出了一支录音笔，一本精致的小本子和防水袋。"哇！怎么都是新的呢？"老爸笑了笑："保存得好！好几年前的老东西了！"不等老爸说完，我便匆匆拿起相机放入防水袋上山了。

一路上，我摆弄着录音笔，突然它发出了声音："快快！那儿有野草莓！"我一惊，这不是老爸的声音吗？我好奇地翻了翻本子，那段录音叫"山林游记"，是老爸与朋友闲暇之时上山游玩的记录。"据说这里的水里有白玉石呢！可惜不多了……喂！一起来游个泳吧！"我看了看一旁，似乎看见了爸爸与朋友们在水里翻着石头、抓着鱼、游着泳的情景。听着录音我似乎又看见了他们在掏鸟蛋，吃着路上的野草莓，一步一步地爬上高峰，有说有笑。最后一人耙了一袋松针背下了山。即便爸爸那时已经成年，但那一次却像个孩子一样，尽情地玩耍，似乎忘却了一切的烦恼。终于我听到了结尾："这是我永远不能忘怀的时光！"现在的我想了想那时的老爸，又对比了现在的老爸，岁月无情，把一位阳光帅气的小伙子变成了一位长满胡楂儿的"欧巴"。一个尘封的箱子竟然封存着父亲难以忘怀却无比珍惜的美好时光。

珍惜岁月，珍惜伙伴，珍惜回忆，珍惜一切，不要让你曾经有过的青春被忘却。家乡的那座小山上，有孩子的玩耍与欢乐才让它成为那座小山村中，最美的风景！

午时惊魂

那一天，我正躺在沙发上看着电视，突然响起一阵急促的敲门声，我站起走到门前一边不耐烦地喊道："老妈！

是不是又没带钥匙啊！真是的！出门钥匙也不带走！"说罢，我开了门，迎接我的并不是着急的老妈，而是一个拿着袋子的人。

"请问你是谁？找哪位？"那个人没回答我的问题，而是直说："小朋友，要买化妆品吗？再不行你也可以给你妈买一个。"那人和善地笑着，但这笑里藏刀，一边笑，还在一边扒门。"对不起，我不买化妆品，我妈多的是化妆品。"那人见我拒绝，急了，"那你让我进去好的伐？我就给你看看。"他扒门的力气大了起来，我尽了最大力气与他抗衡，因为我知道，这个人绝对不是什么善茬，进来指不定干些什么呢！

为了确定他是否存在恶意，我就要看看他是否在撒谎。于是顺口来了一句："老乡啊！汾口的？"那人立马回答道："是的伐！是的伐！"他的口音很怪，绝对不是汾口的，他一定在撒谎！这人不是善类！得摆脱他！那人见我露出疑惑的表情，扒门的力气更大了些，我要撑不住了，"哎呀！既然是老乡了，小朋友就让我进去吧！"我的力气要用完了，就在这时，一个妙计在我脑中生成了。我对他说："进……来……吧……"那人立马露出一副喜笑颜开的表情，"早这样不就好了伐！"他刚迈进一小步，我叫住了他："今天我家地刚拖好，得穿鞋套进来，你先在外面等着，我找个鞋套。"那人站在了门外，我在柜子里假装翻着鞋套，不一会儿，他走了神，这时，我以很快的速度关上了门，锁了两道锁，拿出手机拨了"110"但没打过去。我拿着手机在猫眼上挥舞着（即使他看不见），"再不走我就报警了！就说你企图入室抢劫，我已经记住你的样子了，在我打过去之前，赶紧走！"那人仓皇地跑到电梯里，黑色的袋子破了小洞，露出一把水果刀的刀尖。这时我才舒了一口气，看着眼前没有装上卡的手机，总感觉自己成功地保卫了这个家，虽然事情是因我而起的。

那次事件中，我得到了个教训，的确，独自在家时，听到敲门声，要千万小心，要确认敲门者的身份，以做好各种措施，要根据对方的身份想象各种可能，以便不小心开门后能自我防卫。

六年级作文

我六年级了

2017年7月2日，我领取了成绩单；8月31日，我领取了新书，这就意味着，我已经是一个毕业班的学生了。

与五年级不同，进校是要赶时间的，学习是要赶进度的，上册下册的书是一起的，进校是要开学考的。如今的我们已不是校园中小弟弟小妹妹的级别了，在小学部，我们是真正的大哥大姐了，任何方面都不能像低年级那样敷衍了事了。

作为小学部的新一任大哥哥大姐姐，我们学习一定要比他们刻苦，六年级是一个关键，小升初，学历本，哪个不关系未来？上天有眼，先苦则后甜、先甜则后苦。现在不吃苦，将来吃大苦，所以我们应该树立起榜样，这个榜样有益于低年级，同时也能带动我们大家。新学期我们应该拍拍身上的"灰"，直起胸膛，做好自己！新学期要有新要求，严格要求！于是我给自己定了几条规矩：1.上课听讲要专心，管住手脚，一心上课。2.改掉乱丢东西和忘带东西的毛病。3.课间应交流有意义的知识，减少爆粗口。4.吃饭不挑食，多吃绿色食品把营养跟上去！

你之前留了遗憾不要紧，无论学习还是赛场，输在哪里并不重要，关键是你想怎样去弥补，怎样在六年级这个平台上闪闪发光，赢得最后的辉煌？

开学第一课

"武以镇魂，文以载道，字以溯源，棋以明智……"这开学的第一天，全国中小学生都布置了一个特殊的作业，它并非试卷，也并非功课，而是亿万家长孩子每年开学都会做的一件事——看《开学第一课》。

"我们是中国人，应该自信，应该有点狂的精神！"96岁老人说道。这个为诗词翻译贡献一生的人，在70余年的翻译生涯中，每日兢兢业业，完成了四本书的伟大壮举，曾获翻译学大奖，即使已经90岁了，还不忘每日一页《莎士比亚》。他是谁？他就是那天坐在台上勉励我们的许渊冲爷爷……

"要让我儿子成为一个有骨气的中国人！"他，是荧幕战狼，他的电影《战狼2》一举冲破51亿大关，赢得观众一致好评，极大激发了爱国热情。没错，他就是吴京，荧幕上的真汉子，现实中的好爸爸。在开学第一课的现场，他就对快3岁的儿子寄予了无限的期望。

一个满头银发的外国人走下舞台，手握卡片，目光炯炯，这个外国人为了我们传统文化而努力奋斗，他用了半辈子研究汉字，花了20年将古文整理后放到网络上。"我觉得我能改变这些年轻人的生活，哪怕是一点点！""汉字叔叔"——理查德，一个年近70岁的外国人，为了我们的文化而奋斗，我们还有什么理由不去保护和传承自己的文化呢？

接着王佩瑜、柯洁等人纷纷发表了现场演说。王佩瑜的水调歌头、柯洁的"机器人永不可能战胜人类"、巴基斯坦汉语之母……一句句都显得那么耐人寻味！

汉字是中国文化的源泉，武术振奋着民族自强的精神，文学承载着浪漫的理想与情感，围棋蕴含着智慧的密码，它们都是中国的骄傲！"中华文化走出去以后将焕发出持久的光芒！"

雨云

我本是池塘的主人，但这天太阳把我们召唤到了天空中，起先身体十分轻盈，到后面就变成了一缕缕白烟，就这样，我成了一朵雨云，我这也算晋升为一名"公务员"

了吧?

在天上的日子着实无聊,不能畅游人间。不过今天临时有"任务",我终于有机会回"家"玩玩了。和我一起执行任务的是雷电哥哥,他那浑厚的吼声、耀眼的电光透露出的力量,着实令人难忘。我和他先后来到一座山上,他吼了起来,让人们赶紧回家,我便在山上痛痛快快地下了一场大雨,干燥的土地立刻变得湿润了,小嫩芽舒展了身体,大树也露出了慈祥的笑容。

我又来到一旁的村庄,继续下雨,一阵阵"沙啦啦"的声音,别提村民们有多高兴了。"喂!老李,咱家的麦子有救了!"村民们欢快地在雨中跳起了舞,迎接这久违的甘霖,干裂的地面立刻被雨水封上了。雷哥哥欢快地唱起来了豪迈的山歌,几位村民从龙王庙里跑了出来,一起加入了欢歌笑语的行列。时间不早了,我们得去第三个任务地点。

这是一座十分现代化城市,街上灯火通明,犹如一颗颗繁星。哥哥一进城便看见许多人沉迷电子设备无法自拔,气得他发出了山崩地裂的吼叫。一刹那,人们慌忙放下电子设备,发了疯似的跑回家收衣服了。雷电让全城都停电了,但孩子的父母显得十分高兴,"太好了!停电了,我的儿子就不会沉迷于电脑了!"越来越多的父母感叹起来,雷哥哥对这个意外的收获都有点不好意思了,他继续吼叫着，因为这是他的职责和任务。

"哗啦啦！哗啦啦！"一场又一场的雷阵雨，我的身体已经被分散到各个地方了。我找了一个山沟沟，然后与雷哥哥道了一个别，又回到了当初那个小池塘——那是我的家！

那无垠的田野

又来到了这儿，到时，差不多9点了吧，我看了看它常睡下的地方。它走了，一个星期以前了……空气中还留存着它的味道，很淡，很淡。我环顾四周，似乎又回到了那一天……

也是晚上，优哉游哉的，风只顾着自己呼吸，树也只顾着自己伸展，一切在为自己活着。它躺在地上很欢乐的样子，这也算是大难不死吧！过年时，一场大病，全家都放弃它时，第二天却奇迹般地活蹦乱跳。它一身金黄加淡白，有一种秋收的感觉，故取名田野，陪伴我已有3年余，逐渐把它从朋友看做了亲人。这狗的特点很多，绝不同于世界上的所有狗，我们不把它当狗看，反倒用人的标准来看它，的确挺好笑的，在我眼中，它不是像人，反倒是个真正的人。

外公平时很珍惜钱，也许是受外公影响，它，也变成了个"财迷"，经常叼些小票子回来，钱不是那么好捡的，但它也积累了13元人民币，直至现在我还保留着。

它，是一条能与人流畅交流的狗，你说些什么，它都能像个孩子一样乖乖记住你的话，它会合适筛选我们提出的意见，并做出表达。

它，会带客人游山游水。

它，在饿时，自己解决，去河边，等新鲜的鸭蛋，捡新鲜的食材，吃不完，背回家，给饿了一程的我们送来。

我，并没有在对它的描述中，加入过多情感与夸大，这是确确实实的它，真真实实的它。

噩梦还是来了。

九月十日，它开始萎靡不振，茶不思，饭不想。临走前，它躺在门口的草坪上，目光呆滞了不少，没人知道它怎么了。几条狗企图进屋偷食，体力透支的它，艰难地站起来拼尽全力地吠着，门外的狗被威慑住了，慌忙逃跑，它乘胜追击，突然，它倒下了，痛苦地呻吟着，我不知所措。它艰难地走了回来，躺在草坪上，我抚摸着它的毛发现它的眼睛越发无神……"记住！你得挺下去！你答应过的！你一定会出席我30岁的生日的！"我有些焦急，又有些心疼。

九月十一日，一颗悬着的心始终放不下，我打电话问了问外公，"还好，还好，好些了，放心……"

九月十二日，我欣喜地拨通电话："它怎么样了？"外公停顿了一会儿，略带伤感地说道："狗……死了！"全家的气氛沉重了起来。"死在门前的枣树下……"还在上学，我必须平复心情，但才周三，我实在是忍不住了，抱着头在书桌上痛哭起来，直至最后我还是无法忘记它在我脑海中烙印下的记忆。

周五了，回到了这里，看了看那天与它交流的草坪，我坐了上去，突然鼻子一酸，便再也忍不住了，眼泪夺眶而出。

田野，孤寂的日子里，没有了你的陪伴，显得单一、无趣。怀念和你在一起的时光，逗我笑，陪我哭。你放心，我不会忘了你，我会记住，你的皮毛，你的眼睛，你额头上的白十字，甚至你的每一根毛发，你矫健的身躯已烙印我的脑中，在我记忆中，任何的任何都比不上你，你是独一无二的。

在天堂好吗？不开心时记得回来看看我，我会一直等你……

音"悦"之声

秋天，满溢着秋收的光彩，转眼，高粱红了，稻子黄了。细细一品味，秋天却又像一个"器乐大师"，高山流水、美轮美奂。废话少说，那就让我们见识一下绘声绘色的她吧！

秋风一阵阵的，吹得植物"沙沙"作响，一"吹"一"唱"，挺合拍的。枫叶弟弟哼着轻快的小曲，在天空中飘荡了几圈后慢慢投向柔软的大地，几只麻雀追赶着枫叶，叽叽喳喳唱着歌，盘旋着。

秋收了，农民们"啪嗒，啪嗒"地打着谷子，谷子立马一颗颗乖乖地躺在了地上。大伯大妈们用簸箕把谷子装入袋子，又有了下雨般清脆"哗啦啦"声。随即他们背上谷袋了，走在田野的小路上，一双有力的双脚，配上了"土味十足"的人字拖，打在地上是异常的"啪啪"作响。一位盲人音乐家闻到了稻谷的香气，奏起了欢快的丰收曲，曲声轻盈优雅，飘荡在村庄和田野上。过了青石板桥，有一个小作坊，这便是碾米厂。工人把谷子倒入了机器，不一会儿，雪白的米粒出来了，"哒哒哒！莎啦啦！"机器的轰鸣声和谷粒的洒落声，还有桥下溪水的"哗哗"声，竟是那么的和谐和悦耳，恐怕没有哪个音乐家能演奏出来。这奇异的音乐，响了一个下午。

傍晚，村民们便到处访问邻居，前奏必是敲门声，"咚咚咚！咚咚咚！"大鼓似的声音过后，便是清脆如小笛般的谈话。村民们点起了火堆围坐在了一起，有雷鸣般浑厚嗓音的汉子，唱起了粗犷的山歌，盲人音乐家拉起了悠扬的二胡，山泉在"叮咚，叮咚"地和着。风雨、落叶也加入了演奏的队伍。虫儿与鸟儿也毫不示弱，百鸟争鸣，百乐齐鸣。优雅而悠扬，粗犷而轻柔，粗俗而不失礼仪，在丰收的号角中奏出一种难得一见的乐章——丰收合奏进行曲。

这，就是音乐之声，也是音"悦"之声……

祖国——我的母亲

尊敬的老师，亲爱的同学们：

大家好！今天我要演讲的题目是"祖国——我的母

亲"。

走在泰山之巅，俯身遥望九州大地，我们的母亲如此美丽，山清水秀，鸟语花香。我们，在这片土地成长，生存。

我们不会忘你的魅力，但也永远会记得你的苦难。还记得，晚清，一个愚蠢皇帝的荒唐举动，引来了八国联军的攻击，圆明园这座历史的瑰宝便陨落了；"9·18"来势汹汹的日军，占领了吉林、辽宁和黑龙江，杀害了多少中国同胞；"南京大屠杀"一个永远不能忘记的日子，这位冷血的日军军官，为了娱乐，举办了"杀人大赛"，把罪恶的刀刃插入了同胞的躯体。大地一片殷红，这是血的教训，这是不可磨灭的耻辱！

突然天空闪过一道红光，一群人准备用自己的力量拯救中国，拯救母亲。孙中山的三民主义，毛泽东的"星星之火可以燎原"，这些人都是中华历史上一颗颗璀璨的星星。

在那之后，中华民族站起来了！大家都争着抢着建设美丽中华，詹天佑、钱学森、李四光等，都在尽力装饰着我们的母亲。1984年，许海峰戴上了闪闪的金牌，于是中国获得了第一个奥运冠军……

新中国成立后，每个人都以不同的方式报答着母亲。并不需要你在文化方面有多大的造诣，只要你做的每件事情无愧于我泱泱中华，便是对我们的祖国母亲最好的馈赠！

我们的中华日渐强大，当年那些欺压我们的资本主义，现在都得敬我们三分。还记得《战狼》吗？那面鲜红的五星红旗，便是我此生不变的信仰，一面国旗便让双方停战，让出生命通道，真不愧我泱泱中华！

从前，一个弱国，被嘲笑、被侮辱、被屠杀，现在却能挤身世界最强国家之一，心中感慨无限。千言万语最后凝结成了一句话："此生无悔入中华！"

谢谢大家，我的演讲完毕！

我们扎根的那片土地，叫中国

本文讲述了作者被朋友拉去观赏从祖国移植到美国的花儿，由花的表现，他想到了自己作为游子在外漂泊的经过，与离乡后自己的真切感受。

这篇文章由花做引，写出了作者的内心感受，以及作者那不修边幅、直白的爱国情，仿佛已扎根在每个人的心中。那一瞬间作者的游子情结爆发，他心中的感受，或许也是在外千千万万华侨的心声。不管国外多么舒适都比不上自己扎根的祖国。这，也就如鱼儿与水，鱼离开了水，便不能存活，鱼在水中便自在悠闲。这便是游子们最真实的心境。

　　以前有一些人因战乱被迫移居他乡，而现在有一些人，只是觉得外国的条件比较优越，就选择放弃中国人的身份移民国外。即使如此，无论如何你们都永远不要忘记，我们扎根的那片土地叫"中国"！

欢度中秋

　　这一天，万众期待。经历400多年的它，又一次复苏了，它的双眼如炬，身材威武，无数次为村民拦下肆虐的洪水，于是村民每年都祭拜这条巨龙，乞求风调雨顺。这不，草龙又舞动起来了！

　　6点30分，锣鼓喧天、鞭炮齐鸣、烟花绽放，大家都抢着拿香上前祭拜龙王，并把点着的香插在龙身上，讨个好彩头。草龙的身上插满了点着的香，在暗夜下星星点点，好像一片片龙鳞，神似而又壮观。村中德高望重的老者宣读祭词后，这条巨"龙"便开始了游行。一路上烟花总与我们做伴，留下的烟雾让人感觉误入了仙境，而巨"龙"便也是腾云驾雾，无所不能的样子，甚是威武气派。

人群拥挤，烟雾茫茫，跟着这条巨龙，老爸突然焦急地对我说："你弟弟呢？"我环顾四周，没见他的身影，闹得人心惶惶，爷爷开解说今天是龙王的节日，一切都会吉祥如意的。于是我与老爸决定分头寻找，我跟随着"龙"的队伍四处查找，但是队伍挤满了欢乐得人群，根本看不到那小子。终于到了马路宽阔的地方，人群也松散开来，我快速地扫描着人群，还是没有。我心里想：他应该不会被拐吧？他有可能上前了？还是在家里？看着欢快的人群，好多与弟弟差不多年龄的小孩跟着草龙在边蹦边跳。转念一想，他也并非三岁小儿，大概能懂事了吧？应该能自己顾自己吧？估计也在人群中跑吧？爷爷说从古到今没有人在中秋出过事，就连老天爷也不会在舞龙的时候下雨。

人群忽然停住不动了，仰望了天空，说是中秋，却不见月，着实有些失望。可是不久后，天空开出一朵朵鲜花，慢慢变大……变大……接着是星星，小闪光……应有尽有，草龙在爆炸的鞭炮中翩翩起舞。忽然天空一片明亮，这绚丽的焰火赛过白昼，各种烟花爆竹都想秀一秀自己的英姿，那还要路灯做甚？这时我的前方出现了两个人，嘿！老爸找到弟弟了！

香龙在环村一圈后也到了尾声，在操场上做了个压轴的表演便纵身下水。我们一行人回到家中，拿了自己爱吃的月饼，站在了河边，望着那轮不守信用的明月，吃起了月饼。

今夜本无月，每个人心中皆有一颗执着的明月，我愿用我心中的明月，为你捎去远方的思恋。

那个背影

爱心是什么？就像那个陌生的背影，为我做的那一件事，那个背影我终生不能忘怀！

2010年我4岁，我坐在村头那张长木椅子上，低着头摆弄着手中的玩具。突然听到"呜呜呜！呜呜呜！"的声音，大概是习习凉风穿过桥洞的声音吧！不经意间，我抬了头，瞄了一眼。谁料，一双发红的眼睛，正怒目圆睁地盯着我，嘴里露出尖利的獠牙。我顿时一怔，身子本能地往后一缩，随后嘴里喊着："奶奶！奶奶！"我立刻飞奔了起来，那狗也穷追不舍。路过的行人只是瞥了一眼，便匆匆离去了，几位大妈指着我嘀咕："这是谁家的孩子啊？真倒霉！摊上这大疯狗了，我们得离他远一点儿，小心被狗咬。"我的心似乎扎上了一把锥子，疼痛不已，失望极了，没有人会救我的。我拼命地一边哭，一边喊着一边跑。我越跑，那狗追得越起劲，那一声声狗叫，让我心惊肉跳。慌乱中我不争气的脚却绊了一下，让我摔了个"啃地泥"。大疯狗的气息越发接近了，可是我已手无缚鸡之力了，害怕已经让我全身瘫软了。骄阳挂在天空上，每个路人都满头大汗，倒下的那一刻，我却觉得空气如冰一样凄凉，周围本是鲜艳的花朵，也变得暗淡无光。这时，一个黑影冲了过来，挡住了那本该咬在我身上的那一口，他的腿上鲜血顿时迸发了出来，他随手抄起一根竹竿，在那疯狗身上抽打了起来。"你这个畜牲！连小孩都欺负，打死你这只疯狗！"那一下下抽打十分有力，我仿佛能看见他咬牙切齿的表情。看见狗处于劣势了，周围的大人们才敢来帮忙，都拿着"武器"向狗打去，直到疯狗夹着尾巴灰溜溜地逃了。

他翻了翻背上的登山包，从急救箱中拿出的医用纱布和酒精，给自己消了消毒，做了简单的包扎。看到我的手肘也流血了，又给我做了简单的处理。他的帽子压得很低，再加上烈阳高照，我实在看不清他真正的容貌，看他的装备大概是个驴友吧！

他站了起来，继续前行，脚步蹒跚且坚毅，在炫目的阳光下，那最后一缕背影成了我一生无法忘却的记忆！

那一次安慰

　　我有一个表弟，是我大姨的儿子，比我小了4岁。他的性格有点琢磨不透，有些时候如大人一般成熟，而有些时候又赖皮得如三岁小儿。之前我十分讨厌他，直到那一次，我对他的印象彻底改变了。

　　9月12日，我得知了那个噩耗，一条陪伴我三年的忠犬，不明不白地死在了门前的枣树下。意外来得让人措手不及，一连几天都放不下这件事，梦里常有它的身影，那么模糊，又那么清晰……

　　休息日，我回老家了。一进门就看到了表弟，我与他坐下，这次的他非常平静，这是他思考的样子，应该也是在想狗去哪儿了吧。"狗死了，你知道吗？"我率先打破了沉寂，一说完就有些酸酸的，空气似乎凝固了。他回过神来，露出了阳光般的笑容："哥！你是放心不下狗吧！好狗会上天堂的，坏狗才会去地狱呢！没准它就在天上看着我们呢！"不知道为什么，我的心里突然舒服多了，刚回来时的那种烦人的情绪一扫而空。面对他纯真的笑容好似一切烦恼都会迎刃而解。

那天我作为哥哥十分欣慰，他的心智总算是成熟了一些。我怎么也没想到这童稚的死亡观和纯真的笑容，竟然能消除我那顽固的内心伤痛。

那一天的那个笑脸，静静地绽放在了我的心中……

运动会进行时

恬静的操场上，沉睡的雄狮苏醒了！气场强大的他们，静静地站在操场上，似一场蓄势待发的战争，嘿！原来是校运会要开始了呀！

我有幸成了一名方阵手，十分激动，三天的练习没有白费！时间一分一秒地过去了，马上，8点来临了，"运动员进行曲"准时响起了，我们已经早早做好了准备。鼓声响起来了，我们踏着整齐的步伐，浩浩荡荡地向主席台迈进，到主席台前我们转过了头，高声呼喊着我们的口号："团结奋进！自强不息！超越梦想！共创佳绩！"

走完了方阵，我们又进行了紧张的广播操比赛，赛事结束后，我们便回到了看台。

看台上，有人玩"狼人杀"，有人吃东西，还有人玩手机，似乎没有一人认真地关注过赛事。可是情况突然有了改变，每个人都在卖命地加油，那些上一秒不亦乐乎的家伙们，下一秒就成了敬业的啦啦队，只因为我们班的选手上场了。选手们在比赛跑，我们在比加油！

赛事的第二天，虽然赛场如火如荼，但看台上却是十分冷清，作为通讯员我们得给大家鼓鼓劲，于是埋头写稿子。不一会儿，投递员的手上就堆满了我们的"加油稿"，顺便我们也赚取了点"外快"。在大家的加油下，我们班的运动员都成功跻身决赛。最后我们班汪翔弥补了去年的遗憾，成为"双金王"，真是振奋人心啊！遗憾的是吴永塘，他还没有就位，教练就打响了信号枪，本来前三毫无悬念，却硬是落在了最后。比赛结束后吴永塘一直在叹息，也许这就是比赛的魅力吧，总是会有一些不确定性。

不知不觉间，运动会到了尾声，在闭幕式上，我不经意间想起800米决赛前，罗赛的生日宴上，面对他爸妈为罗赛订的特大蛋糕，我们立下了誓言和送出了祝福，看着罗赛失落的背影，我的鼻子有点酸酸的，可是想到我们共同的寄语，又有一股暖暖的感动。

"我宣布，南山学校第二十二届校运动会圆满成功了！"我们并没有拿第一，但赛场上拼搏的身影一样激励着我们前行！

脑袋里的"虫"

"真是个惬意的清晨啊！"我伸了伸懒腰，站在枝头望了望这片薄纱笼罩的森林，不禁自豪地想道：因为我们世世代代的啄木鸟，森林才有了今天的这一片翠绿。

但，接着我又哀叹道："现在的人类也太不珍惜了，在几年前，这方圆几百里绿树成荫，是动物欢乐的天堂，而人类却为了一己私利乱砍滥伐，使我们的同类流离失所，不得不背井离乡寻找新的家园，现在方圆几百里只剩我这一片小树林了，我得好好守护！"

这时一个人摸进了森林，掏出了一把透着寒光的斧子，摸了摸一棵红木，"哇哩！这木质！这光滑度！这粗细！卖出去还不得发家致富？难得找到这么好的木材，我得抓紧啊！"说着他抡起了大斧头。

我怒了，森林佑护着人类，为他们提供了那么多好处，他们却恩将仇报，乱砍滥伐。我们多少伙伴因此而流离失所，客居他乡，有一些还被人类残忍捕杀，成了他们的盘中餐。

想到这，我怒火中烧，箭一般冲上盗伐者的肩，狠狠地啄着他的头："你这榆木脑袋！你是在加速你们自己灭亡！""喂！死鸟！不就是一棵树嘛！谁还不是为了钱嘛！"我忍无可忍，加大了啄他的力度："你这榆木脑袋里绝对有虫！贪婪虫、无知虫……"伐木人一斧子把我抡倒在地，又狠狠地踢了一脚树，"轰！"的一声树倒下了。他的瞳孔放大了，射出了贪婪的目光："哈哈！这棵也不错！"又一棵树倒下了。我无助地哀求着："求求你了！别再砍了！留给我们一个家吧！也留给你们自己一个家！"他不理我，继续砍伐。

护林员闻讯赶来了，一把摁住了他，"放开我！不就是几根破木头吗？我没错！放开我！"护林员叹了一口气："为何你还是那样执迷不悟呢？其实青山绿水才是我们真正的金山银山啊！"

是啊！有些人为何还是这么执迷不悟呢？

让我们来改变一点一滴

南山学校的全体同学：

地球上的资源一点点耗去，被浪费了，被污染了，地球毁灭只在一念之间，而现在的我们就在那一个临界点上。科学家指出，现在地球上的已知资源不到100年就会枯竭。有人会说，每天打开水龙头，水会源源不断地流出；插上电，它就能为我们提供的无限的电能……可是我们把目光投向我们的西部，大多城市缺水，为求生存，他们大量采集低下水，却导致了地面凹陷与下沉。很多工厂污水不经处理直接排入河道，经过长时间的污染，一些水都具有了毒性，有的甚至具有了腐蚀性，经过的鱼儿走兽一瞬之间化为白骨，阴森恐怖。人类乱砍滥伐使动物们流离失所，背井离乡……

是的，我们只是一群未成年人，对于恶劣的环境来说，我们确实无法力挽狂澜。但弱小的我们还是可以改变一点一滴的，假如所有的同学都行动起来，这一点一滴将会不平凡，这一点一滴也会汇成长江、黄河！

那如何去改变呢？我有些小小的建议：1.尽量做到水的循环利用，例如：洗过脸的水可用来泡脚，淘米的水可以用来洗菜。2.夏天尽量减少使用空调，不要为了凉快而调低温度或加氟利昂。3.少使用一次性制品，应选用可反复利用，并且耐用的物品。例如：去餐厅吃饭要尽量少用打包盒和一次性筷子，减少宾馆酒店一次性洗浴用具。4.提倡绿色出行，少开一天车，多骑自行车或步行，路程遥远可考虑拼车或公车出行。5.垃圾不乱丢，减少白色污染。

6.做到人走灯灭，人走断电，临行关水，出门关煤气。7.学生作业本用完后，可充当草稿本，切记不要写一半就丢掉！8.多使用绿色可循环物品，减少资源耗费。

也许，我们能做到的也只有这些，但我相信水滴石穿，一点一滴总会成为大江大海。为了明天的绿色生活，加油！

第二个老师

他个子小小的，皮肤黑黑的，他不为此而自卑，而是化嘲笑为动力勇往直前。不用说，他，就是吴昊宇！

换座位之前，我和吴昊宇是分在一个小组的，那时的我有些讨厌他，做什么事一定要追求"完美"，简直是鸡蛋里挑骨头的那种。对于我订正的作业他也会仔仔细细地看一遍，把一些鸡毛蒜皮的小错误全都给揪出来。那时我简直恨透他了！

但那几次后，我们态度却转变了。

有一次，我的《阳光同学》上还有一道难题未攻破，眼看老师就要结束批改了，我十分焦急，想问问吴昊宇，但又怕这道题在他眼中是个"小儿科"，问了会被嘲讽。没想到他突然起身，轻轻走到我身边指了指那道题，"这个老师上课讲过，你该不会没听吧？""我……"他笑了笑："那我再讲一遍吧，你看这道题啊，这个圆……"那清晰的思路如流水一般汇入了我的大脑。

还有一次，是我换座位之后，我带错了一本《阳光》，所以不敢上交，直接放入了书包。吴昊宇走了过来，看见我书包里多出的一角，"这是什么？"我赶忙把书塞进去："没，没什么！""不，是《阳光》！"他断定。我实在害怕他告诉老师，只好对他说了实话。明白原因的他并没有讥笑而是对我说："现在告诉老师还来得及，快去吧！"我愣住了。

那一天我真正认识了吴昊宇，他教会我知识还给了我关怀，就像我的第二个老师。

"骗"来的友情

——改《赠汪伦》

我独自一人在家喝着米酒，喝得正嗨的时候，有一个信使打断了我，"李白大人！李白大人！您的信。"我看了他一眼，"我不看！你先出去吧，别坏了我的兴致！"信使一愣，弱弱道："这信是关于酒的。"

我突然来了兴趣，便拆开一看："李白先生，我已仰慕您很久，非常希望能和您见一面。我这里有万家酒楼、千里桃花，期待您的到来。"落笔"汪伦"。

"去那里能饮酒赏景，美哉，美哉！快给我备车！我要去见见那个汪伦！"

到了信上的地点，一个人似已等候多时，看到我下了马车，急忙迎了上来："您是李白先生吧？"我转念一想，答道："不，我是李太白。"本以为他会直接走开，没想到他反而笑着说："不管是李白还是李太白，我都欢迎啊！"我大笑起来："哈哈！汪兄果然豪爽！我就是收到信的李白！"此时我话锋一转，"那万家酒楼和千里桃花呢？"汪伦恍然大悟："啊！请跟我来！"

怀着愉快的心情，我和汪伦上路了。结果，等待我的却是一家破破烂烂的小酒楼，"这，说好的万家酒楼呢？"汪伦对我说："这家酒楼是个姓万的人家开的，所以是万家酒楼啊！"他的确挺幽默，我也坦然接受了这个事实。

聊着聊着，我渐渐把汪伦当成了知心好友，不得不说，我十分佩服他的爽朗。一会儿他走到一个潭前，指了指，"这就是千里桃花！"边上立着个碑，上面草草地刻着"桃花潭"三个字。虽然与信中差异太大，但因为酒还的确不错，和这个朋友又聊得来，就暂且不计较了。

两人一起尽兴地玩了几日，又一起聊了很多诗词歌赋，也该回去了。我一个人站在船头静静地欣赏着岸上的美景，忽然听见了岸上有人在高唱《送别歌》，我连忙让船夫停桨。汪伦将几坛桃花酿交付与我，我来不及和他细说，船夫就在催促了。望着渐渐远去的桃花潭，我即兴创作了一首诗，以回赠：

赠汪伦

李白乘舟将欲行，

忽闻岸上踏歌声。

桃花潭水深千尺，

不及汪伦送我情。

小鸭子获救了

阳光洒在了温哥华的街头，一只鸭妈妈带着一群小鸭子去公园沐浴阳光，就在这个惬意的时刻，意外发生了——几只小鸭落入了下水道中！

一旁的鸭妈妈在下水道边，十分焦急，在那里"嘎嘎"乱叫，她知道她救不出她的孩子。她把目光投向路旁的巡警，也许她认为人类朋友能够帮助她救出孩子。于是她冒着车流的危险来到了那位巡警旁，扯开了嗓子在一旁"嘎！嘎嘎"地叫着。巡警只是看了她一眼，抚了抚她的羽毛继续执法。她很着急，但人与鸭语言又不通，这样一直"嘎"下去，不仅消耗了体力，自己的孩子也会越来越危险，怎么办呢？

突然这位鸭妈妈想到了一个计策，她冲上前去，用嘴夹住了巡警的钱包向下水道跑去。巡警发现后，开始追赶母鸭，"臭鸭子！把我的钱包还给我！"到了下水道旁，母鸭放慢了脚步，把钱包放在了下水道旁的地上。气愤的巡警拿了钱包，用余光扫了一眼下水道，一瞬间他明白了，"你是想让我把你的孩子救出来，是吗？"这时母鸭竟然似人一般地点了点头，叫了一声。"嗯！我想我错怪你了，可是用手好像够不到你的孩子，怎么办呢？"这时几个好心的路人也来出谋划策。突然有人说："边上有家中国人开的砂锅店，店里好像有火钳。"巡警听闻立刻冲过去向老板借了一个火钳，把两只小鸭子顺利地钳了上来。

整顿好"队伍"即将出发，小鸭子们又跑去亲昵地蹭了蹭巡警的裤腿，然后跑过来与母鸭站成了一排。巡警示意周围的车子停下。鸭子们对巡警张开翅膀欢叫了几声，便一摇一摆启程了。

润雨无声夜无眠

——改《春夜喜雨》

春天，这个多雨的季节，我——杜甫，一直在等待一场酥酥润雨的到来，就在这期盼的时候，雨已悄悄地下了起来。

路人都纷纷前去躲雨，而我却并不着急回客栈，只是孤身一人沐浴在这场令人神清气爽的春雨之中。春雨似乎不同于其他季节的雨，其他季节雨声是"哗啦啦"的，而春天是那种轻快的、令人愉悦的"沙沙沙……"，甚至觉得这不是雨，是艺术，是一曲沁人心脾的小曲子。看了看周围花朵的萌芽，在雨的滋润下生长开来。前方的田野旁黑洞洞的，只有过往的渔船打着灯火若隐若现。我的袖上早结了一层水雾，半件衣服也湿了，我这才跑回客栈，换上干净的衣裳。窗外的花儿静静地绽放，那些晚梅也开始凋零了，想到明天，街道上又是一片殷红，我很是愉悦，便顺手写下了这首诗：

春夜喜雨

好雨知时节，当春乃发生。

随风潜入夜，润物细无声。

野径云俱黑，江船火独明。

晓看红湿处，花重锦官城。

门前雀

　　记得那是期末测试刚刚结束的时候，阴沉的天空飘着小雨，淅淅沥沥的。方宁蹲着学校门口的角落里，低着头兴致勃勃地摆弄着什么。我好奇地走近一看，"天哪！"他竟然在折磨一只小麻雀。这可怜的雀儿带着惊恐的眼神躲闪着，哀求着，似乎有点绝望。我走上前去，一把把这只雀儿从方宁手下解救了出来，把它小心地安置在一个小帽子里。

　　在回家的一路上，她没有挣扎，蜷缩着身子一动不动地站在那里，只有那双眼睛不时地看着我，显然少了刚才的惊恐与不安。因为先前的折磨，她全身湿透了，身上还有几处伤痕，她的脚也似乎骨折了。我匆匆赶到了家，不敢用电吹风吹，怕吹坏了她的小身板，就用纸巾铺垫缠绕做了一个温暖的小窝。看着她疲倦的小身板趴在窝里，我决定不打搅她，便跑去书房看会儿书消磨时光。不觉之间，2小时过去了，我急忙去看了看她，她的羽毛已经干了，不时扭头瞅了瞅我，原本楚楚可怜的她变得精神了很多。

不久后，天竟然放晴了，她的同伴们在我书房的窗外盘旋着，鸣叫着。她也只是伤了脚，在我给她简单包扎后，飞似乎并不困难，正好现在送她回归自然，回到她自己的家，回到她的伙伴和家人身边。我主意已定，便抓了把米喂了喂她，并把她放在了窗台上。它的伙伴欢快地在窗前回旋，不停地呼唤着她，它扑了扑翅膀，又停了下来，看了看我，又凝望了天空和同伴，结果令人大吃一惊，它注视着伙伴离去后，又跳回了我的书房。我对着它笑了笑，说："大自然才是你的家呀！你生活在这里，一定不会快乐的。""我知道你想报恩，但我不希望你为了报恩而在这个小小的空间中荒废一生，你应该属于你的那一片天空！""我希望你与其他的鸟儿一起遨游世界，在世界各地留下你们的脚印，这就算是对我最好的答谢……"我不停地叨唠着，雀儿似乎也听懂了我的话。

于是我把它送到了公园，小心地把它放在一个树梢上，它用一种不舍的眼神望着我，转眼间那眼神又坚定了起来，它向蓝天展开了双翼，飞向了远方……

（此文获淳安县第三届中小学生"原创生活作文"征文大赛小学组一等奖）

灾难与救赎

——观《肯特海难》有感

许久，我按下了关闭的按钮。身在家中，我的心似乎到了千年前那一望无际的海，目睹那一场惊心动魄并让人叹为观止的巨大海难。

映入眼帘的是一艘冒着浓烟并且即将倾覆的大木船，没人知道它经历了什么，风暴？雷电？或是暗礁？这是一个有趣的谜。

再夺人眼球的是救生船上那些惊慌失措的人们，他们不会说话，但却用肢体语言使我们在画外也能体会到这种燃眉之急。船上的人们形态各异，有的正在祈祷，有的正在划船，而有的是惊慌失措地挥舞着手臂，这也是这幅画的一大亮点。

最后我们移目到背景，因为主题是海难，所以取景的

"舞台"就是大海。与平常不同，按说海在画中要么是幽静的，要么是深蓝深蓝的，而作者的背景用的却是灰暗的色调。乌黑的天空与灰暗的大海显得十分有窒息感，凸显了灾难的设定背景，同时与那些顽强求生的人形成强烈对比，反衬出了人们内心的坚强，也表现了生命的意志是无可战胜的！

我回过了神，脑中依旧回闪着那场震撼人心的海难！

鼓艺之路

当我还在年纪尚小时，我就接触到了架子鼓。我与他的初识缘于一位博客发的视频，是几个外国孩子的自制歌曲。视频中，有帅气的吉他手，还有阳光的电子琴手，但幼小的我却盯上了架子鼓。

多年后，一个"六一"节目又让我与架子鼓有了重逢，王子乐的《逆战》使我坚定了学习架子鼓的决心。

三年级时，我如愿以偿地学上了架子鼓，但是每天都像和尚敲木鱼一样跟着节拍敲打几个小时，不久就不耐烦了。我向老师提出了"抗议"："这样敲下去有什么用呢？"老师对我笑了笑："架子鼓里，曲子什么不重要，重要的是基本功，基本功不加以研习，还谈什么曲子呢？"说完便把平常练习的"40速"调到了正常乐曲的"120速"，我瞬间便手足无措了，而每天研习基本功的老师却转换自如。自那时起，我每天多花30分钟练基本功与老师给的不同打击技法。没过多久就打上了曲子，也就是架子鼓练习曲：《欢乐颂》。

到五年级后，我换了一位老师，自此之后大多时间都在学习乐曲。很长一段时间敲的是架子鼓独奏曲，相对来说比较简单，大概学习了八首的样子。而到了五年级下册，因为要考级，所以老师让我们提前学习《爱的初体验》，但无奈的是那段时间是作业的"高峰期"，并没有时间练习，导致进度低下。但更无奈的是，期末大考也要来了。我只能先练习一下再去复习，就是这样挤时间，我成功晋级了，以优异成绩进入了四级。

每当想起我的学艺之路，我的心情就特别复杂。它既增添了许多坎坷，也给了我许多感悟。但每当学艺的路上遇到坎坷时，那些乐曲就像挚友一般为我铲平坎坷，嗨！架子鼓，我对你是又恨又爱啊！

难忘的"第一次"

　　说到"第一次"，我想到的并不是第一次洗衣、第一次洗碗，我想到的是我第一次带表弟。

　　这是暑假的某一日，我迷迷糊糊地睁开眼睛大喊一声："老妈！我的睡衣呢？"几分钟后，我发觉了什么，爬起来看见了桌上的小纸条。我一看，原来今天只有我和表弟两人在家，大人们全部出去了。我瞬间不知所措了，表弟这时爬了起来也迷迷糊糊地在那大叫："妈妈！我的拖鞋呢？""你妈妈今天出去了，叫我照顾你。"他听后，下床穿上拖鞋坐在了餐桌上，"哥！我饿了！"这时才想起我们哥俩还没有吃早饭呢。通常这时，父母都会递上热乎乎的粥，而今天只有我们俩在家，怎么办呢？

　　我焦虑急地在厨房里打转，这时竟也会像父母般关心表弟了。还好我发现饭锅里有两碗粥，我们俩将就应付了一下就去做作业了。本来的话表弟的作业是由他妈妈（我大姨）全权负责的，这下子大姨不在，我的担子就重了。"哥，这个怎么读？""这道题我不会，哥！""这里完成要你拉个勾，哥！"虽然是幼儿园的题，但要保持耐心，真心讲很难。

到了中午，总算可以休息了，但咕咕的肚子又在暗示我。唉！午饭怎么办呀？我也不会炒菜啊！我扭过头问弟弟："你要吃什么？"弟弟笑了笑："泡面！泡面！我要红烧牛肉味的！"这时我十分庆幸他没有说米饭。我们哥俩吃完饭后，便自由活动去了。可事情并没有那么简单，表弟玩完玩具后，房间里便布满了垃圾，可怜的我下午休息时间便成功地失去了。晚上老妈回来一推开门就问我："今天开心吗？"我苦笑着："他挺开心，我累惨了！"

这件事里我深切感受到，做父母的确非常累，既要考虑到孩子的衣食住行，还要关心他们的未来。谁知天下父母心？父母为了我们付出了一切，愿我们也能倾尽一切对父母好。因为父母是真正含辛茹苦把你养大的人，不求任何回报，无怨无悔！

真的是文盲吗

这一天，我看见这样一幅漫画：一个"母子上车处"

里却站了四个男人，一个挺着啤酒肚，目视前方，对周围满不在乎；第二个男人显得十分高大，紧闭双眼，无视了面前的标识；他后面那个男人十分矮小，穿得肥肥的，长着个大下巴，也跟前面的一样紧闭双眼；接着是一个戴口罩装病人的人。这群恬不知耻的"文盲"把一位可怜的母亲和她那未满周岁的孩子挤在一旁。

看了这则漫画，我颇有感触，生活中这种"假文盲"有很多，为了一己私利而侵害了他人的利益。这种损人利己的事，竟然慢慢成了生活常态：在禁烟标识下"吞云吐雾"的叔叔们；在医院中大声喧哗的大人们；半夜公然在居民楼下跳广场舞的大妈们……这些都是小事。但还有一些行为会严重损害他人的利益或危及生命：为赶时间上应急车道，导致救护车滞留不前，延误病人的抢救时间，很多病人就死在了路上；在加油站禁止标志下，打电话或者吸烟，导致加油站爆炸……

为了避免这种"假文盲"导致的惨案，我们坚决谴责那些"假文盲"的同时，做好自己，遵守规则。既维护了社会和谐，也减少了因"假文盲"引起的害人害己的事情。

内蒙古的春节

正所谓"百里不同风，千里不同俗"。春节是中国的传统节日。身处远方的内蒙古是怎样庆祝春节的呢？带着这个疑问，我问了我先前在内蒙古的笔友——韩佳学和"小助手"——电脑。

因为古代蒙古族已接受了汉族历法，所以他们的春节与我们是同步的，不过他们的春节大多腊月二十三开始，到正月十五结束，才算圆满。由于蒙古族的春节穿白衣，所以内蒙古的春节也叫"白月"。

内蒙古人春节的习俗基本与汉族人相同，但最大的不同在于祝寿，仪式是从最长者开始，依次向长者敬酒。除夕吃"手把肉"也是蒙古族的习俗之一，表示合家团圆。不仅如此，除夕时，一家人要把全羊摆在桌上，还要把羊头朝向最长者，并刻上十字，表示对长者的一种尊敬。

在内蒙古除夕的夜里，家家灯火通明，绝不灭灯，而且夜里晚辈要向长辈敬"辞岁酒"，还要下棋，玩"嘎拉米"，玩乐后再由长者带领全家人祭天。

娱乐活动一直到初四。初五，人们认为是"鬼日"，十分忌讳出门，也不许娱乐与吵闹，因此气氛比较沉重。直到初六人们又恢复了往日的欢乐。

正月十六早上，人们用颜料将对方的脸抹黑，一大早，欢声笑语便此起彼伏，这是多么欢快的场景呀！疯玩了一天后，人们的脸都变得黑黑的，十分滑稽，据说这是一种祝福！

度过了十六的夜晚，等太阳再次升起的时候，大人们便开始工作了，孩子们也去学习了，内蒙古的春节这才画上了句号。

我最喜欢的中秋

说到我最喜欢的节日，那必然是中秋节了。

我的老家——樟村，每年过这个节，那是热闹得不得了。只因为著名的中洲草龙每年都会在这个村翩翩起舞。

至于为何要舞草龙？当地传说大概是很早很早以前洪水泛滥，老龙便托梦给一个少年。最终在老龙的帮助下，少年击退了洪水，这便是以前奶奶经常挂嘴边的美丽传说。

草龙是由村里那些"老手艺人"用秋后的稻草编织而成，寄托了丰收后人们对老龙王风调雨顺的感激。对于我来说最自豪的莫过于整个扎草龙的过程，因为我的亲戚们都有参加，我也尽绵薄之力。

中秋节第二大习俗就是吃月饼和赏月了。月饼的口味年年不同，品种也五花八门：冰皮月饼、火腿月饼、榨菜月饼、普通月饼……但对我而言月饼的口味与品种并不重要，诱惑更大的是天上那轮少见的圆月，简直美得不像话。这时孩子们总会围在一堆央求老人讲：吴刚伐桂、嫦娥奔月……那些百听不厌的神话故事。每每听完故事，我们都会掰一小块月饼丢向天空，还要念叨："月亮太太，向你拜拜"，而心里默念："我会听话，请别割我耳朵！"

我们家还有个不成文的规矩，那就是中秋之夜，家人必须聚一聚聊聊天，无疑给中秋增添了许多欢乐、喜庆、团圆气氛。

我喜欢中秋，因为它使家人团聚；我喜欢中秋龙，因为它出自亲属之手；我喜欢中秋月饼，因为它的多种多样。我喜欢中秋月，因为它的洁白。这，就是我喜欢的中秋节！

大年三十乐翻天

　　大年三十，公认的喜庆之日，对大人来说这一天神圣无比，而对我们孩子来说大年三十就是放松身心，好好地召集伙伴们一起狂欢的日子。那么，这么喜庆的一天我都干了什么？一起来看看吧！

　　早上我一起来便看到爷爷奶奶在那忙活，走进一看，原来是准备开始炖大锅的蹄髈等肉食，为年夜饭做准备。爸爸和叔叔正在擦桌子搬椅子，平时家里的大桌子也只有重大节日才会搬出来。没过多久，中午到了，我们在小桌上草草用了中饭，大人继续忙碌，小孩也还自顾自玩。因为大年三十的真正的重头戏，还是在晚上。

　　时间到了下午4点多，爷爷奶奶摆上一桌饭菜，刚要动筷，爷爷阻止了我，"唉哟，现在可动不得，得放了炮，才成哩！"说着爷爷拿出一大串鞭炮铺在路上点燃了引线，一阵轰响后，关了大门，这才正式上桌开吃。我丝毫不顾及仪式感，看着满桌爱吃的菜，早就迫不及待张开筷子夹菜了，大人们见状也笑着斟满美酒畅饮一番。一瞬间饭桌上便充满了各种声音"这个是朋友给我的上好酒，我们来尝尝吧！""干杯！干杯！""这酒不错，好喝！多喝点！"爷爷照例会用筷子把蹄膀给分开，那扑鼻的肉香立刻散发出来，令人口水直流。俗称"蹄膀芯"那块是我的最爱，爷爷每次都会第一个给我，并说些"好好学习"、"身体健康"之类的祝福话，而我只会满怀期待地盯着肉，吞着口水，不住地点点头，快速把肉往嘴里塞。

酒足饭饱之后，按照旧时习惯，在村里的亲戚都得来我爷爷家集中一下，一起欢乐，一起守岁。我们守岁主要活动是观看春晚，但时不时群里还来红包，搞得大家神经紧绷，不能安心看春晚，怎么办呢？每个孩子手上都有许多手机，全程抢红包，抢到的兴奋地叫起来，没抢到的唉声叹气，继续盯紧屏幕，抢到后面手也酸了。一番红包"轰炸"结束后，我们把手机一丢，玩起了"火炮"。我们拿起各种火炮与其他孩子"火拼"，你扔一个炮想炸我，我放一个窜天猴，把你吓傻，乐此不疲。到了"战争"结束后，春晚也基本结束了，小孩集体被大人拉上了床。要知道，三十夜想睡好觉很难，你想睡时外面炮声不绝，你不想睡时却十分安静，基本都是一夜无眠，偶尔我也会"守岁"到天亮。

这就是我的大年三十，那么，你的呢？

我的理想

我的理想不是拥有家财万贯，也并非凌驾于万人之上，鹤立鸡群，我的理想很简单，当一名作家。

有人可能会问我：为什么宁愿放弃万贯家财，也要当作家呢？答案很简单，当你阅读着一本书时，是否感觉到了一种特殊的喜悦？这种愉悦是阅读中特有的。当你翻开书本，感受里面人物的喜怒哀乐，你会发现你的心思，是与他一起律动的，即使是一个虚拟人物，你可能也会因为他的过往而哀伤，因他哀伤而哀伤，因他喜悦而喜悦。当时我就受到了这样的感染。有时候读完书后躺入被窝，我也会不禁想："这个故事好精彩呀！我也想写出这样的文章！我要成为作家！"在此之后，作家就成为了我毕生的梦想。

有了梦想，就要为了梦想而奋斗，所以我最近在钻研中国古典书籍。期间，我也会涉猎一些外国名著，我准备将两项结合，找到那种不落窠臼的写法和别出心裁的构思。还有，在这些年的观察中我发现"合作"也是必要的。也许刚开始文章不怎么样，但你有了一个搭档后，可以与他交流经验、互相推敲，在"百回改"后，坏文章也会"化茧成蝶"。

成为作家这一梦想已烙在我的心上，我想它必然是我一生为之奋斗的目标！加油吧！我的作家梦！

《海底两万里》读后感

《海底两万里》是作者凡尔纳于1870年写的，而文中主要叙述法国生物学家阿龙纳斯在海底旅行的所见所闻。

故事发生在1866年，当时人们在海上发现了所谓的"海怪"，阿龙纳斯接受并参加了捕捉行动，在捕捉过程中不幸与仆人掉入海中，却意外发现"海怪"只是一艘潜艇。这艘潜艇是船长——尼摩在一个荒岛上秘密建造的。船体十分坚固，利用"海洋能"发电，但每隔一段时间都要浮出海面"呼吸"一下。船长邀请阿龙纳斯作"海底旅行"，他们自太平洋出发，途经珊瑚岛、印度洋、红海、地中海，最后进入大西洋，观察到了各种水中的奇异景象。

当回到挪威海岸时，阿龙纳斯不辞而别，把他知道的海底秘密公之于众。

尼摩船长是一个浪漫且神秘的人，他用其毕生之力量，只是为了躲开他的敌人和迫害者，寻求自由，但又为自己的孤独感到悲痛。

在后面的篇章里，一位采珠人意外遭到黑鲨的攻击，关键时刻尼摩船长与尼德·兰合力打败了鲨鱼，救下了采珠人，从中看出尼摩船长不管怎么说，这个奇怪的人的善良之心至今还并未泯灭。

读了这本书，感慨万千，他们一行人的经历告诉我们：只要怀着一颗认真求真的心，坚强地面对现实，顽强地克服困难，迎接我们的一定是胜利和成功。

老师，我想对您说

夜已深沉，万千窗户，只有您的那一扇仍透着灯光。我能想象，您伏案备课或者批改作业的样子，但我也能想象你锤肩敲腰的样子，学生每一个进步都来源您的辛劳，我想对您说："谢谢您！您辛苦了！"

刚开始的时候，我的作文写得并不怎样，常常是一片片豆腐干，有时候连我自己都觉得这豆腐干也太干了。您为了让我的作文有提升，经常挑出一些写得好的作文来课堂展示，以示鼓励，差的作文会在课堂上给我细细讲解，再用红笔和我们一起推敲一起修改。那支笔就像一个扫描器，一个字一个标点地扫过去，嘴巴不时嘟囔着："嗯！这里不错，文笔朴实！""这里有点生活来源。""这里心理描写不够。""这段如果放在前面会更好一点儿，你觉得呢？"……我听了后若有所思地点了点头，把作文拿回去仔细品味，慢慢修改。不知不觉，我的写作能力越来越好了。

老师，感谢您一直来的鼓励和教诲，您的每一个肯定的目光都会成为我永远的激励。我想对您说："谢谢您！您辛苦了！"

我追赶那束光芒

那束光，好像是梦里见过，又好像是实际存在的。它存在着，我却感觉不到。

它，很像是初阳洒下的光芒，但我不确定。长大之后对于那束光又有了新的想法，是自由？是正义？直到有一天，我的内心终于有了答案，那束光是太阳洒下的第一束光芒，是一天时间的开始，那束光是时间的象征。

我想触摸它，了解它，可它又逝去得那么匆匆，只有追赶它，可又如何追呢？那时候的我以为只要一直跑就能追上，但到了现在才明白，不是的。与时间抗衡的方法，就是比它更早一些。那时的我便与这初阳较上劲了，日复一日，它总比我先到来，我想到了放弃。"既然这样的话，省去了不必要的时间不就可以了吗？"老爸指着一篇叫《与时间赛跑》的文章说。突然，眼前闪过了亮光，对啊！我也可以与它那样来比一比、赛一赛呀！那段时间的我十分亢奋，即使是一小段路也是快跑前进的。那段时光里，一进门便匆匆书写。那段时间我的生活节奏十分快，期盼着能亲手摸一摸那束温柔的光……

这件事距离现在也有很长时间了，是一段尘封的往事了。现在，我明白人不可能比时间快，人就是活在时间中的。虽然战胜不了时间，但是可以减少那些不必要的浪费。就算你赢不了时间，也赢了自己。这是一件幼稚的事情，现在回味起来，还是挺耐人寻味的，也让我受益匪浅。

难忘的"考试"

人生要经历过无数的考试，但那一次让我记忆尤其深刻。

那是在幼儿园上大班的时候，有一天放学后，陪着妈妈去一个阿姨店里玩。那是一家小饰品店，饰品琳琅满目，每个都十分有个性。妈妈平时特喜欢去和阿姨聊天，一聊就是几个小时，而我只得无聊地走来走去或翻翻手机。那天，与往常一样，妈妈聊天，我则百无聊赖地扫视这些饰品。不久，我看中了一个手机挂饰——一个小巧的本子，比手机充电器还小一些，还带支小笔，我的手情不自禁地伸向了它，把它放入了口袋。我心虚地回头望了望，幸好没人发现，心中暗自庆幸。

时间不早了，老爸开着车来接我们出去吃饭，上车后，关上车门一刹那，我摸了摸口袋，手心冒出了很多汗，心里有一种说不出的感觉。我似乎被分成了两个人在争辩："你是小偷！偷人东西！""不要紧，这只是个小东西不值钱，况且没人发现呀！""有小偷就会有大偷，你不是一个好孩子！""再小也是阿姨的损失啊，别人偷偷拿你的东西你会怎么看人家？"……"我不能做一个坏孩子，爸爸妈妈没脸要一个坏孩子……"

最终我还是下车将挂饰还给了阿姨。这是我记忆最深的一次"考试"，而我选择了正确的答案！

传递快乐

传递快乐，让我无比疑惑，快乐不是实体的东西，如何传递呢？

平日里，我总能令人捧腹大笑，这可能就是传递快乐的能力吧！我们读书、上网、打游戏等总能遇到令人开心的事情，分享出去就是传递快乐。

传递快乐有许多种类，一种是把你认为美好的事物与他人一起分享。比如一起玩玩具、一起过生日、一起玩游戏，等等。另一种是自己舍弃一样东西，给予他人。就像你有一个限量版的玩具，十分喜爱，自己的同学也想玩，而你直接把玩具送给了他，看见他十分开心的样子，你的内心也一定会快乐的。所谓"赠人玫瑰，手留余香"，这种赠予不就是传递快乐吗？

传递快乐，不管怎么传递，传递什么快乐，对方总会收到物质或精神上的快乐，而作为传递者的你，却得到了心灵的升华！

难忘的一瞬间

老家远个几里的位置，有个砖厂，几年前破产了，厂长卷款逃跑，这个厂子就废了，但他的狗却遗留在了这个厂里。

那是条母狗，身材小，骨瘦如柴，弱不禁风，有一双儿女。这一次是只身出来找食物，它径直向我们走了过来，它一条腿折了，用可怜巴巴的眼神看着我，这方圆几米都有食物，只是它好像有顾虑，一来它怕那些坚守领地的公狗们，二来它怕一旦走远，儿女们就有可能被袭击，何况它还折了腿，不可能立刻回去救援。我给了它一些饼，它便把儿女们招呼来小口小口地吃着。它只吃了一点儿，可小狗们都吃得肚皮圆圆的，母狗摇摇尾巴向我们表示感谢，之后向厂子走去。这时拐角处出现了一辆车。猝不及防，紧急中小狗们被母狗顶到安全处，一声惨叫，鲜血四溅……

母狗落在了几米外，挣扎了几下，最后几声呜咽中，我听出了不舍，不是对自己生命的留恋，而是对小狗的告别，它的眼珠望向小狗，眼神中满是不舍，它担心这些小崽子离了它是否能活下去……随之它的双目失去了光芒。它走了但它走得并不安详，它在死前仍然牵挂着自己的崽子，它是一位真正伟大的母亲！之后我们把它葬在了厂旁山地，它曾生活的土地……

我难忘那一刻，它在那一刻散发了一个母亲的光辉，即使是一只狗，也值得去尊敬。

最美的色彩

带表弟来到家乡山上一处无人的小地，指着旁边的小花说："这花，美吗？"他嘴角向上一扬："它只有白色与黄色，只是平淡无奇的野花，怎么说它美呢？"我笑笑："并不是这样的。"

很久以前，我与伙伴在这问题上有分歧，支持我的人很少，当然是人多的那一方胜利啊！我只得郁闷地到处转悠，竟东窜西窜上了山，以前没少在山上迷路，所以山的路线我烂熟于心，可唯有一条，从未去过。我就想当然地沿着自己"方向感"误打误撞地来到了一片更为茂盛的林子里，摸索良久，找到了一片空地。有黑影动了动，着实吓了我一跳，定睛一看，是一老汉，清瘦清瘦的，衣着简朴素净，但却破了几个小洞，脚上是一双有些突兀的绿色解放鞋，见了我，笑了笑说："怎么？小朋友，不太高兴？"话中有十分浓厚的乡音，见着亲切，便把分歧的事告诉了他。他只是笑笑："何必那样看重他人的评价呢？认为对的，坚持下去就好了，太注重反而适得其反！这点道理连我这山野莽夫都晓得。"我听不懂他深奥的大道理，但心情也舒畅了起来。

到了后来什么事不顺心，就找他，他总是有求必应，总是如等待好友一般早早就在林子里就座，之后我也明白了，他不是什么"老农""莽夫"，我不在的时光里，这老汉是看书的，一本破破的、泛黄的书，怪不得说话文绉绉的，也就偷看过一次他心爱的书，只认识"本草"两字，现在估摸着，约莫是李时珍的《本草纲目》。

上了小学之后再不见昔日的老汉，但忧愁之时坐在那片林子里还是身心愉悦，一旁的花丛中虽都是黄白之花，但偶尔露珠凝结，在太阳、月亮光下绽放出五颜六色的光芒，与那位为我答疑解惑老汉很像，以及老汉那平和朴实的腔调。

现在看来，那丛花应是我童年中最美的色彩，化解了我所有的疑惑，也洗去了我所谓的"忧愁"，虽平淡，但内蕴极美。

七年级作文

中秋杂感

兴许是中秋放假的缘故吧，我的作业早早地完成了，满心企盼着出去玩耍一番，可是老师说了："中秋玩可以，但国庆回来就是月考，还是收收心吧！"此消息立刻淹没在一片"冷嘲热讽"之中，大抵都是说些"国庆就是换地学习"之类的言论。我内心似乎也赞同此类言论，但转念一想，何必图一时之快而后受皮肉之苦呢？虽然父亲不会打我，但骂我的言语也是颇让人伤心的。

因为中秋前夜睡得比较晚，中秋这天起来已是十一点了，仓促洗漱了一番，坐下一边用餐一边与父亲谈话，大抵也是问些千奇百怪的问题罢了。"今天什么安排啊？""晚上吃团圆饭。"不免又激动地起来，下午1点正式出发了，路程也有一个多小时，一路上也没有什么东西可以解闷，于是一路都是玩着成语接龙的，你一个，我一个的，看似无聊，也挺有趣。

我们是最后到达的，互相寒暄了几句，便坐下来聊聊天，娱乐娱乐，快活了一番，很快团圆饭上桌了。家中有条不成文的规矩，分两桌，大人一桌，小孩一桌，大人们要求喝酒的与不喝的分开坐，看起来甚是讲究。吃一会儿菜，大人们开始举杯畅饮，互相碰杯，"中秋快乐！""中秋快乐！"即便是这个时候也不忘捎带上我们这些孩子，仍是一个个酒杯碰过去，我们俨然像个小大人，神情庄重。

吃得开心了，不免还是会想起些什么：我的爷爷奶奶，他们远在家乡，我默默拿出手机，拨通了熟悉又陌生的号码——我很久没打过了。

"喂？爷爷，吃了吗？"

"老家舞草龙开始了吗？"

"哦！要7点半啊！"

"你们和叔叔待着还好吧……"

"好！国庆一定回来！"

挂断了电话，莫名心塞……

父亲已在外催促了，出了厕所门的一瞬间，时间忽然好慢好慢，从一个一个人的身边走过，似乎能听到他们的心声。也正是这个时候我发现，晚宴的欢快，也不那么欢快，空气中弥漫着一种味道，它是浓浓的，是忧愁的，是我在诗词歌赋里常能闻到的——乡愁。屋里的，都是背井离乡来到杭城谋生打拼的人，不管他们脸上是多么的欣喜，也掩盖不了内心淡淡的愁绪。意义上是团圆了，但还是缺了几个人，怪怪的；团圆了，但在异乡团圆，怪怪的。大概是乡愁在作祟吧，胸中蠢蠢欲动的心，朝向的是家的方向，是心之所向！没有办法，只有将乡愁一点一点，通过明月，传回家乡……

"今夜月明人尽望，不知秋思落谁家。"普天之下又有多少人在望月思亲，在家乡的人思念远离的亲人；离乡之人又在遥望故乡的家人，个中滋味或许只有离别之人最能体会。时光易逝，亲情不老，家永远是最温暖的港湾！

《狼》白话改编

夜深人静之时，一位屠夫走在路上开心地哼着小曲儿，那么大一头猪一天就卖完了，未免收获颇丰，屠夫的钱袋一路都发出好听的碰撞声，屠夫看了看担子，又看了看钱袋，大笑起来。

他隐隐感到后背发凉，以为是寒风作祟，但回头一看，屠夫打了个寒战——那是两匹狼，漆黑的夜色遮不住他们贪婪的目光，屠夫很清楚狼是奔他来的，毕竟两头狼也跟了一段路了。他决定做些什么救救自己，害怕地丢出一个根猪骨头，拿到骨头的狼停下了，另一只却在逼近，于是他又扔了一根，吃完骨头的狼又跟了上来，周而复始，屠夫的担子早已空空如也，两只狼仍不满足，继续跟着屠夫。

屠夫感觉自己的处境有些危险，怕被它们攻击，一边提防着它们一边想：不行啊！迟早会被吃的！突然屠夫好像看到了希望——野外的一片麦场，场主在里面堆了些许柴草，盖得像一座座小山。屠夫连忙跑过去，靠在草堆上。放下了担子，拿起了带有一股血腥味的杀猪刀，他觉得是时候放手一搏了！狼们见了刀，迟迟不敢上前去，只能凶恶地看着他。

不一会儿，一只狼径直离开了，另一只像狗一样坐在前面。时间长了，眼睛好像闭上了，神情十分悠闲，屠夫十分疑惑："这只狼在搞什么？不会有什么诡计吧……"头脑一番风暴后，他突然冲到那只狼前，拿刀砍它的头，越砍越起劲："啊！想吃我？你个畜生！别以为你有多聪明，哈！去死吧！"屠夫挥下了最后一刀，正中狼首，鲜血溅出，脑浆也溢了出来，狼一命呜呼，屠夫的声音因为骂狼变得嘶哑，头上大汗淋漓，气喘吁吁，脸上也因劈狼显出似于癫狂的神色，他被两只禽兽搞得身心疲惫，心里有止不住的恼火，待他平息下来，又听见了掘土的声音，屠夫顺着声音，看到了另一只狼在挖土，屠夫看着，轻蔑地笑了笑："一只畜生竟和老子玩起计谋来了！那我就陪你玩！"说罢手起刀落，狼后腿断下，鲜血汩汩流出，整只狼在洞中疯狂挣扎，不久，第二只也死了，屠夫瘫坐在地上，不得不说，还是有点累，休息一会儿，背上担子，取了狼皮悠闲地回去了。

不久后，两个男子谈起此事："你看那狼啊！是够狡猾的！但是不一会儿都死了，也是，禽兽又有多少诡诈的手段啊！只是增加笑料罢了！你说呢？蒲先生？"先生摊了摊手！"走吧！你的茶钱抵了！""谢谢先生！"先生笑了笑，转身回去了书房……

人生一瞬

2006年5月17日，我降生于一个小镇，我的出生给家人带来莫大的喜悦，但也带来了忧愁，因为我是一个早产儿，出生时只有3斤左右，嘴小的我根本喝不到奶，刚开始护士们只能把注射器针头拔了以后给我喂奶，这样一个孩子，别说健康了，之后能否活下去也没个保证，但奇迹还是出现了，我好好地活了下来，并有幸在这写自己的回忆录，庆幸老天没将我安排在深秋、隆冬，总之，我活了下来。

熬过了医生们所谓"危险期"后，我渐渐胖了起来，与同龄婴儿无异，父亲也十分高兴，不久后，妈妈没了奶水，便把我送至乡下外婆家，自己与父亲一同上班去了，外婆十分乐于接受我这个外孙，天天抱着睡觉，给我讲故事，当然，我听不懂。断奶后，由于家里算比较"贫困"，一个月几桶奶粉的钱，就花去了爸妈工资一半，随着奶粉价钱的急速上涨，每个月父母都是"月光族"没有多少积蓄。

之后，这样的处境被一款便宜的奶粉打破了，也就有了之后的故事。那奶粉就是三鹿，我喝上了那款奶粉后，爸妈在经济上也宽裕了不少，只是他们没有料到后面所发生的事情。三鹿"毒奶粉"事件爆发，让妈妈慌了神，急忙让爸爸带我前去检查，所幸并无大碍，只是患了轻微的肾结石，并没有出像当时的"大头娃娃"的症状，出生后的第一次大劫，就这样结束了。当然，我也不希望事情有所后续。

3岁之前的事都挺模糊的，毕竟已经过去许多年啦。3岁的时候我又被送去奶奶家，至此，我的生活多了个比我身子还大的盒子，头上还有两根铁线，戳一下，里面会有画面出来，好玩极了，如此，每日我便与"盒子"相依为命。

关于我吃些什么，奶奶想了很久，拿出了她眼里最有营养的土鸡蛋，毫无意外，每次我一口吞的时候都被噎住了，于是老人家就让我小口小口慢慢吃，久了，便厌倦了那味道，奶奶就往蛋黄上淋些酱油，我还是没迷上鸡蛋，反而迷上了酱油，乘奶奶不注意就对着酱油瓶口"吹"，喝了一口，被奶奶发现了，她便大呼："小宇！莫喝啊！喝多了皮肤会变黑的！"回想起来，至今我仍诧异，我是怎么闷下的一大口酱油，不得而知……

烦恼中成长

人的一生，不会一帆风顺，反而处处是坎，我们为过坎儿纠结——烦恼。可以说，人的一生都活在烦恼之中。

暑假即将过去，作业只字未动，烦恼着怎样向老师交代；因为你暑假净玩了，开学考没考好，父母烦恼你为何考得如此差！可以说生活处处有烦恼，烦恼之中又有着微妙的连锁关系，解决一个烦恼，常常要引出一长串更多的烦恼，甚至牵动他人，这样看烦恼不算好东西，但我觉得烦恼就像生活的调味剂，没有了烦恼这个东西，生活就会索然无味。

对于我来说，生活像冒险，像游戏，烦恼是小怪，你想尽一切办法去打败他，打败了他，提升心理素质的级，对于这一类小怪便不足为惧了，打不过只能在朋友和亲友的解决意见中慢慢"练级"，一旦了解了烦恼的本质，便能很轻松地击败他了。正是因为我这么想我才会热爱生活，喜爱烦恼。试想，若，你失去了烦恼，你的生活会怎样？理论上不可能，人一生下来都能动，都会动；都能思考，都会思考，这不能避免烦恼的到来，烦恼是一件很平常的事，世间有生命的生物都会有烦恼，即便它没有大脑，烦恼似乎是一切生物的本性。

不必惧怕烦恼，烦恼磨炼着意志，磨砺着心理，是人生对你的考验，不必害怕，迎难而上，走出荆棘，迎接胜利的曙光。烦恼成就我，我在烦恼中成长。

久违了，家乡

很早就听闻国庆休息9天的消息，那一天，所有人脸上都有藏不住的喜悦，一回到家后，我就抓紧写作业，不为什么，为一个约定。盼望着，盼望着，那一天终于来了——一家人踏上了回乡的路。高峰期，车子堵了4个小时，一路上支撑我们的，是思乡的情感，是我们迫切想要回到的家乡。

第一晚，我们在千岛湖住下了，它是我的"第二故乡"，不仅仅因为我在那生活了3年。我对它有一种特殊的亲切感。去过千岛湖的都说那山清水秀、令人神清气爽，从环境来看的确与杭州有大不同，但照我看，区别不仅仅在环境，千岛湖什么都很慢，风轻悠悠的，鱼随着风也慢悠悠的，似在散步。广场老婆婆们打太极的动作也是极慢，学生们在校园里也是"度日如年"，而杭州似乎没什么不是快的，车水马龙，川流不息，到处都弥漫着速食快餐的味道。而我却十分喜欢这种慢悠悠的生活节奏，一整天除了吃饭就一直在湖边儿散步。徐徐清风吹过，如"隔山打牛"，吹动了，隔着一座桥的小水潭，泛起层层涟漪，不禁想起了木心先生的《从前慢》："从前的日色变得慢，车、马、邮件都慢……"

第二天，我们正式踏上了回老家的路。路换上了全新的柏油，再也不像以前那样泥泞了，行程过半，我才发现，变了，家乡变了。之后，路遇几名儿童，问："你们不玩捉迷藏、猫抓鼠吗？"那些孩子轻蔑一笑："什么年代了！

有手机！大会堂都装了Wi-Fi呢！我们再玩那个干吗呀！"
他们的回答让我有点失落，便去看了看家乡以清澈闻名的
河，"唉！奶奶，这河怎么没以前清了？""村里建了三
个小河堤，把河分成了四段了，排水困难、废物囤积，自
然不清了，以前山洪泥水过夜就能排完，现在，没有三五
天河水根本清不了！"后来一位大妈对我说了村里"毒鱼
的事件"，那水至今还有些有毒性，公安局至今还在查。
山，也不是从前的山了，几棵大木头，早早被砍去，换成
了木头样式的信号塔。唯一得以留存的只有那座古桥，早
些就听长辈们说，这座桥明清时代就有了，经过几百年，
这或许就是桥上青苔横生的原因罢。回去了后，我便颓废
地躺在沙发上，爸爸走来身旁："病了？""不是我病了，
我觉得，家乡，生病了！"

　　发展，推动社会进步，但自古留存的"成王败寇"的
体制，也吞噬着所谓跟不上时代的"旧文化"与所谓不够
完美的自然景观。当家家户户都换上全新的外壳时，一个
旧的时代宣告了它的结束，它是我眼里完美的时代，是以
自然为美的时代，悠闲自在。

家乡·中秋·民俗

我的家乡，坐落在安徽与浙江的交界线，是一个极为普通的村子，甚至说不及周边村庄，但这样一个地方还是值得骄傲的。

由于特殊的地理位置与人员构成，村中是有许多自成文化的。传得最广的是草龙的传说，传说有许多版本，都大抵相同，而扎草龙的方法是早就定了下来，中秋草龙上街之时，还要插上满满的香，所以确切地说这应该是"香龙"。

不出意外的话，每年全家人都会一齐出动，跟着草龙。草龙的起始之处——村中的学校，7点左右必然围满了人。倘若是从前，父亲是要将我抱起来看的，现在我便能很早地钻到前面去。锣鼓喧天之时，草龙正式开始，他的行程是极长的，腿脚快些，也要2小时。草龙是极重的，自然中途是要休息的，而且要翻过山，去到下一个村子再回来，大龙回来了，还会带只小龙。草龙走到哪儿，鞭炮就放到哪儿的，路边也有香，点点就可以用了。

中秋真的是比过年还热闹！

照例观龙的人们最后也只能跟到学校门口，他们会驻足闲聊一番。草龙在村头的小溪滩头做最后的祭祀后便下水了，下水的龙会顺着河道慢慢远去，此时人们也该回家休息去了。第二日，街上、道上，便毫无痕迹，就是鞭炮纸也难得一见。按照规矩，必须清淡饮食，吃完早饭便算是真正回归原来的生活了。

中秋这些习俗，看似玩闹，却是祖先留在漫漫历史长河中的瑰宝，承载着他们的信仰与文化！

江洋畈游记

——秋游

大约是在周一的时候，有人告诉我周五便是秋游，周围的人都投射出欣喜的目光。说到底，我也确想见识一下学正中学的秋游到底如何？浮想中欣喜随之而来。

周四的下午，班主任进来宣布了秋游的细则。大抵就是分组行动，不许带手机之类的，宣布完毕后，随之是同学们的失望，有些较为过激者一直来回踱步宣称："没有手机根本不算秋游！"而我却在懊悔相机为何落在千岛湖。

晚上因为父亲身体不适，我去不了物美了，只能选择与母亲一起在餐馆下面的店里买东西，说实话，我不怎么愿意，但想到父亲因为胃疼难受的神情，便罢了。

美好的一天终于来了，一早因为激动的情绪，早读读得很大声，着实把老师吓了一跳。之后再次交代完秋游细则，大队伍便开拔了。从学校到江洋畈要经过一个小时的车程，并不无聊，小小交谈一番，抿一口小茶，看一看沿途的风景，甚好！甚好！

到达目的地，我被分到了马富灏那组，还是有些许沮丧的，毕竟几天前还乐呵着能和应建文那些人同组，现在看来便是不可能了吧。没想到一到这个组，就出了个篓子，与班级分开后，组长建议上山，一组人紧随其后，爬了很久后终于来了个平台，多年的登山经验告诉我：这就是最高点！刚要驻扎，却被组长拦下："上面一定有亭子！"于是我便与组长争论了一番，可惜我只是个组员，组长的命令必须服从。我们跟着组长顺着那条路走，山路如过山车一般上上下下，但到后面就是下降的趋势了。到了山脚，我得意地看了他一眼——我终究战胜了权威！我四处环望，发现我们上山下山走了不少冤枉路，不到百十米的距离，我们完成了千米冲刺，着实令人欲哭无泪。

过了一会儿全班集合开始吃午饭，一般同学都是带了自家做的些寿司、糕点啥的；懒一点儿的就带了泡面、炒饭；令人吃惊的是，有人竟然带了火锅。而刘老师呢，被我们这些同学你一勺，我一勺喂得连工作餐也干脆不吃了，还一个劲儿地念叨："这个不错！""嗯！这个好吃！""唉！同学，这个再给一口！"哈哈！刘老师也是个吃货！吃完饭后，我去买饮料，发现有地图，顺便就买了一张留作纪念。

回去以后发现临时驻扎点已经没几个人，大部分人去捡板栗了。于是我过去围观，板栗全掉在一个已干涸的沟渠中，吴靖用旗杆娴熟地将板栗一个个挑了起来，场景到这儿还是很和谐的。但之后两只青蛙似的生物出现了，俞鼎宸欣喜地找了几块大石头向它们扔去，青蛙们被砸得鲜血汩汩，已无逃生之力了。其行径令人"发指"，内心实有不忍。

终于结束了一天的秋游，可以说很愉快了，一场小小的户外游玩，竟也让我明白些许道理。

百里山路，浓浓师情

——2018年《感动中国》观后感

《感动中国》，对我来说算不上熟悉，而这次老师在课上播放后，我却有了很大的感触。2018年度，《感动中国》为我们带来了8位性格各异的人，即使他们的名字不同，行为不同，举止也大相径庭，但不可否认的是他们都有一颗温暖心。

其中，令我记忆最深的，是农村教师——张玉滚，饱经风霜的面庞，很难想象他是一个80后，30多岁，却有着花甲的容貌，我们可以感受出他的艰辛。曾经他也是个渴望走出大山的孩子，却因为几次谈话，他成了小山村里所有孩子的教师。他用自己的双手送走了许许多多的学子，走出大山，走向世界，而自己却一辈子守在村里，培养即将远飞的鸿雁。在不断与孩子的相处中，他变得越来越愿意为他们付出：为了让孩子们吃得更好，他让妻子放弃了工作，当上了食堂的厨师；为了给孩子们买新书，多长的山路他都坚持下来，甚至，为了买书，他还失去了刚出生的女儿。巨大的悲痛，降临在了他的身上，初为人父，他倍感惭愧，准备离开这个伤心之所。而悲痛并未击垮他，张玉滚老师再次站了起来，敲响了上课铃，"叮……叮……叮……"清脆中带着一丝倔强，捎带着孩子们求知的渴望！张玉滚老师站了起来！此刻，他原本短板的身躯，却像一个巨人，而这个巨人，继续无私地放飞着求知的学子们，越飞越远……

不知何时，静谧的小山村中，又响起了"叮……叮……

叮……"的铃声……

晨间落下的花，夕阳之后再拾

　　《朝花夕拾》是鲁迅的代表作品，他不是写给儿童的读物，却写满了作者对童年的无限回忆。

　　《朝花夕拾》里的故事都是作者亲身经历的事件，所以读来十分真实，因为《朝花夕拾》中那个"迅哥儿"与我们仿佛年纪，所以很容易找到我们与他的共同点，找到一种非常微妙的联系，认真读了，沉浸其中，你就是一直陪伴在鲁迅身边的那个人。似与百年前的同龄人交流，交流久了，你会发现，你与他是如此的相似，都拥有着孩子特有的天性，却无奈被一句"背完了，才能出去"束缚住。纵观千百年，日月星辰、瞬息万变，不变的是孩子的天性，即使百年前的鲁迅也一样，好奇、调皮、贪玩……

　　天下父母也都是一样，唠叨、训斥、紧张、无尽的操心，无一不秉承着"××干好了，才能玩"的育儿模式，这也是透过鲁迅的文字看到的影像。

　　《朝花夕拾》是一本回忆散文，但回忆中带有各种对当时社会的映射，也超越了鲁迅对自己幼年的怀念，成了一本年代回忆录，即使看鲁迅文章中字里行间都是自己的回忆，但几乎每处都透着当年的社会状态，病态的封建"孝道"与"讲究"的封建迷信。鲁迅的文章每一处都想杀死这个旧时代，无一不充斥着他对于这个时代的抗拒，但面对旧时代的压迫，他依旧成了抗争者，不惧压迫，坚毅前行。

观雨（古文练笔）

阳春三月，蜻蜓低飞，虫蚁移穴，乃见雨兆，问友："汝喜雨乎？"友曰："然也！春雨如甘霖，亦如油也！"遂约友登高观雨。至山中时，薄雾冥冥，日薄而稀。须臾，淫雨霏霏，友遂启伞，躲于林中，吾笑曰："卿言慕雨，何以启伞避之？"友曰："恐衣湿，得病也！""春雨如丝绵如发，焉能得病乎？"友遂收之。至山巅，极目一望，山峦众小，云雾缥缈。前有一湖，斜风细雨，微波粼粼。湖边一草屋，老媪锄地于山前，老翁垂纶于湖边，一锄、一苗、一老媪；一船、一竿、一蓑翁；老牛摇尾信步蹀食……此乃世外田园，余皆慕之，醉心于此。然雨忽骤，遂启伞而归，风急雨狂，伞见风而去，至家时形如落汤。听闻：此非春雨，乃台风也！

心情日记（节选）

2015年12月10日

从乌塔想到的——足不出户的世界不完美

我读了《乌塔》这篇课文后受益匪浅，感触很深。

我觉得乌塔是个自主、自强、富有个人主见的小女孩，还是一个非常有条理，生活自理能力强的人。她在三年前就已设计好旅游路线。每到一个地区就查当地警察局号码，而且每天给家里打电话，寄明信片。我们肯定想不到就她一个人在独游欧洲！而且乌塔并没有向父母要钱。她的旅费是在餐厅或超级市场分发广告单挣来的，而且假期还要到别人家陪小孩玩。

与她相比我们差太远了！我们想要什么父母就给我们，想吃什么父母也买，还要向父母索要零花钱、压岁钱。我们太依赖父母，久而久之产生依赖性。我们总会长大，那父母走后你依赖谁？只能依靠自己过一段精彩的人生。如果你还不会依靠自己，在之后的社会中怎样立足？一般中国父母不会放开手让自己的孩子飞翔。中国的孩子只能在书本、电脑、电视、手机、电子书里了解这个世界。但我觉得乌塔的观点非常对，也就是这一句："中国的孩子缺少很多乐趣吧？"是的，中国孩子虽有游乐场、公园、图书馆，但中国人为何不换个角度想想，也许也可以选择放手去爱，通过自己的触觉、听觉来感受这个奇妙的世界，而且书本、电脑等设备上不可能完全正确。得让孩子自己去实践，所以我想对中国父母说："要学会放手去爱，让孩子放眼世界，不要做井底之蛙！"

虽然我以后不能和乌塔一样自己一个人游历整个欧洲，但我相信，我能练成与她一样的自理能力，做一个独立自主的小孩！

2016年9月1日　晴

摆脱了三年级的无聊，开学的第一天又要进行四年级的无聊，总希望自己能一直在幼儿园，听伙伴那稚气的声音。一踏进了校门，就如同进了地狱之中，无力地挣扎……对于考试我是一个永远站在平衡线的人，对于学习，只是个地鼠，老师在讲课，我在下面玩。总觉得青春永远不会逝去，"你又长大了啊！"打破了我的天真，听着别人的鼓励，我却早已迷失了方向。朱自清说过"头涔涔，而泪潸潸"，时间一去不复返，原来只会在教室里哭的男孩，成了阳光男孩。眺望远方，眺望未来……也似一只被现实压迫的鸟，明知自己没有翅膀，却要展翅高飞……在混乱的现代中，我们逐渐迷失了方向，却要假装无所谓的样子笑着……

2016年9月2日　晴

转过街角，看见曾经的老师，"新来的老师好吗？"我们只能苦着脸说："还好，挺温柔的！"放不下对老师的思念，只能强迫忘记，因为曾经的班主任不可能一生陪着你。世界上比较悲剧的是，你喜欢的老师成了别人的班主任，自己望着陌生的老师发呆。不时望着窗外，希望能看见曾经的老师，好不容易看见了老师却不能叫班主任。有一天，老师不请自到，一进门就说："我是被强迫去到其它班的，要我选我就选你们三班！因为你们是我一手培养大的！我想选你们三班，但学校可不会给我这个机会，我没办法，只好认命了。"于是老师又与我们开起了玩笑，她笑了，笑中掺着泪花，老师还是像以前一样，没变呢……

2017年2月2日

走在马路上，心情无比沉重。北风呼啸着，群鸟受到了惊吓，四处飞散。这一吹，吹来的乌云，又催来了忧愁。冷风肆虐，树在哭泣。八方的乌云，遮住了光明，大地一片昏暗，多少人失魂落魄，徘徊在漫漫长路上。愁从何来？忧从何来？愿耶稣奏起神圣的《圣经》。愿万鸟齐飞，驱散那片乌云，赶走那份忧愁。当万物被唤醒，乌云散了，露出的是太阳，是希望！千万只鸽子携着橄榄枝，飞向天际，从此光明永驻！

2017年2月14日

经过几天的努力，我做出了许多薏苡手链，用作售卖。这是我赚取零花钱的途径之一。于是我仿照大人们的销售方法来出售我的手链。1.名人效应：首先我选择以老师为目标，当众展示并送出我的手链一串。没想到老师当即表示真的很喜欢很开心，并宣称这样纯天然环保的手链比那种黄金白银更贴心更温暖，是孝敬长辈，勾起童年回忆，体现家庭温情的好礼物。相当于老师给我做了一次免费广告。2.体验式营销：我拿出两条薏苡手链让大家试戴体验，并不时给他们讲薏苡的功效。没想到他们体验都非常好，个个爱不释手，纷纷表示想拥有一串自己的薏苡手链。3.饥饿营销：眼看时机差不多了，我讲述了亲自上山采摘、在家穿链子的整个过程，主要表达这次手链的纯天然、纯手工、数量有限等信息。同学们纷纷抢着下单，我的手链瞬间售罄，并且还收获了很多预订单，场面一度异常火爆。

我们要善于利用大自然带给我们的所有东西，每一样东西都有自己的用处，上帝把它们带到这个世界，相信是有它的意义和用处的。不然它为什么要存在在这个世界上呢？

2017年2月22日

今天我们来到了牧心谷，轻轻一脚踏进去，惊飞了鸟儿，吓跑了松鼠，这儿是一片竹林，还未进入牧心谷，牧心谷里有很多松树，一摇，松果松针什么的就随风而去。崎岖的山路，损坏的设施，但它仍吸引着无数人来一观它的容貌。每走一步我们都很小心，怕坠入万丈深渊。路平缓了起来，也有了石阶，哗哗的流水声传入了耳中，却不知道水源在何处。"快看前面！"放眼望去，一片碧绿，一棵枯树躺在河畔，酷似童话里的仙境。这条河道连接着水杉林，乍一看还以为白杨前来"做客"了。哗哗流水中鱼群嬉戏，这鱼似乎不怕人，倒是想来尝尝我脚上的死皮和污垢。这水杉长得倒也有一些姿色，挺拔如峰，树枝向内聚拢。这一段路走得异常困难，一踩就断的木桥，陡峭的斜坡，以及突然出现能把人吓坏的广播。嘿！到了！到了！一条凶恶的土狗一直冲我们吼叫，我们为了惩罚它，用了很大的声音回吼它。"汪！汪！汪……"它叫得口干舌燥，只能屈服，不一会儿我们坐上了车子各自打道回府了。牧心谷！望下次能与你再相见！

2017年2月27日

这是个平凡的世界，有很多人都走着千篇一律的平凡之路，但有很多人却不怕艰难险阻，勇往直前冲出一条独特的路。无论对与否，你总会到达终点，这条路四通八达，所以也会"一步踏错，终身错"。在选择的道路面前我们是迷茫的，这就是一道选择题，人生的考试不能交白卷，无论如何这个选择题终究会有一个答案，只是没有标准答案。我觉得假如选择平平淡淡不如出去成就一番大事业。这题用的是记号笔，没有回头路，自己的路选了就要走下去！或许在这条大道上你会找到进入人生巅峰的那道门槛，但在很多因素下，你会犹豫不决，犹如站在十字路上，事后追悔莫及是没用的……

2017年3月5日

我昨天读了"科技50问系列"的两本书：《生生不息

的火种》与《妙趣横生的人体》。这两本书的身份难以确定，说它严谨吧，又带着戏谑；说它不权威吧，好像又说不过去，因为它毕竟记载了中外科学历史上的许多真实事件。本书以幽默的口吻讲述了科学的历史。幽默的插图和口吻激发着读者的兴趣，让你不知不觉地进入了下一个系列，看完了一本绝对还想买第二本。这本书就是以"拐骗"的方式，让你全身心地投入书中。在书中你可以和原始人比赛取火，也可以和科学家们一起探究人体。一个个疯狂的实验会让你忍不住拿出材料一起参与其中。读了这本书，让我收获了很多，也看到科学家们为了证实一个理论而备受磨难……总之，向科学家致敬！向科学致敬！

2017年3月15日

梦中奇遇1

"将一个人放入荒野之中，结局会如何呢？我们精心举办了一个比赛：'USA式荒野求生'，期待着你们的加入！"广告语并没有什么新奇，倒是宣传单上写着"无任何报名费，胜利者奖金一个亿！"非常有吸引力。谁都想得奖，因此大家开始恶补野外生存知识，书店里关于贝尔野外求生的书也被抢购一空，这个专家可是赚了一大笔钱。原先无人问津的纪录片《荒野求生》点击量急速上升，甚至超过很多热门的神剧。学校的课也从语、数、英、科变成了荒野求生。整个世界都沸腾了，这种情绪如同一场传染病，迅速传遍世界的各个角落。比赛那一日，采用的是抽签制，我有幸被抽中。"Ladies and gentlemen！荒野求生比赛即将开始，奖金——1亿美元，分成人组和儿童组，那么究竟是鹿死谁手呢？我们将拭目以待！"主持人话音刚落，全场迅速沸腾了，整个地球都在欢呼，他们期待着比赛，更期待着胜利者！

未完待续

2017年3月17日

梦中奇遇2

刚进入比赛现场，便闻到了浓烈的"火药味儿"，他们恨不得拿起匕首直接了结的对方。显然这不是明智之举，没有相互帮助谁也走不到最后。在亚马孙森林，这里随时都会蹦出几条致命生物。我们看到地上一具白骨，旁边歪歪扭扭写着"HELP"，没有人想变成这样。我们暂时放下奖金一事，开始收集食物。"嘿！快来看！这里有一只可爱的小家伙！"不知道谁喊了一句。我定睛一看："是箭毒蛙，别碰！"可是为时已晚，三个人就这样死于荒山野岭。此后，蚊虫叮咬，猛兽攻击，让我们的队伍损失惨重，死伤无数，有战斗力的只有我们40人了。人们似乎忘却了此前的内斗，开始紧紧团结在一起，我们相互搀扶，继续前行。然而，一条巨蟒袭击了我们的营地。

未完待续

2017年3月21日

梦中奇遇3

简直太可怕了！营地伤员被它吞得一干二净。然而巨蟒似乎并不满足，唤来了更多的同伴。我不确定这是不是安排好的……巨蟒向我们冲过来了，这场生死游戏即将结束！血会终结这一切，我们没有退路，既然来了就全力以赴吧！一个个嘶喊着冲上前拼死厮杀，那场面，绝对震撼！我想你们大概不会相信，我们竟然胜利了，队员无一死亡，匕首和长刀上滴着鲜血。我准备去看看巨蟒肚子里有什么？"嘿！这是枪！还有食物和急救箱！"蟒蛇肚子里竟然有我们一个月的物资，队员们似乎很开心，而我现在只想离开这个鬼地方。

未完待续

2017年3月22日

梦中奇遇4

在亚马孙森林，要逃离的方法只有一种，那就是水路，但亚马孙河支流众多，容易迷路而且异常凶险，有瘴气、湍流和断崖瀑布，水中还有狂蟒、鳄鱼以及最可怕的亚马孙食人鱼。我们只有找到当地的原住民当向导，才能走出这片原始森林。到哪里去找土著人呢？我深入研究过贝尔的记录，所以我大致知道他们可能在哪个方位。"6点钟方向，前进！"我们似乎看到了热情的土著人端着烤乳猪招待我们……"余皓宇！小心！""哇啊啊！"我不小心滑入了一个洞中……

未完待续

2017年3月24日

梦中奇遇5

迷迷糊糊地，我感到胸口一阵阵疼痛。"可恶！我的肋骨断了！"这时一条绳子垂落下来，"你还活着？"对方墨镜口罩加斗篷，只露出闪光的绿眼睛盯着我，土著人？显然不是，但我知道我认识他。队友们一个个滑落下来，"爽吗？"队友戏谑道。"爽！爽到肋骨都炸了！"我皱了皱眉头，强忍着疼痛也戏谑着回了一句。接着正色道："赶快清点武器，有麻烦了！"每个人脑内都有一句话："改规则了吗？"一声枪响，一个深到恐怖的洞出现了，我看了看弹孔，"好家伙！巴雷特式狙击枪！有得干了！"……

未完待续

2017年3月27日

梦中奇遇6

规则的改变让我们大家措手不及，或许枪声就是预兆。此时对讲机突然响了起来"This is FBI！ This is FBI！亚马孙境内有恐怖组织活动，荒野求生是假的！"又一声枪响，黑衣人中弹倒地，在倒地的同时突然发出水晶飞向敌人。我拨开了他的面罩，"妈呀！这是另一个我！"他缓缓地说道："我是你幻想中的自己，有超能力，游走于时空之间，可惜你的幻想并不完美……"话还没说完，他的身体突然灰飞烟灭了，随后我的脑瓜剧烈疼痛，身体像坠入万丈深渊……许久！我似乎听到有人在叫我的名字，缓缓睁开了双眼，"可醒了！你都睡了一个下午了，怎么叫都叫不醒！"身边一群人急切地说道。我摸了摸脑袋，笑了笑，喃喃道："原来我在做梦啊！脑洞太大了！"

2017年3月28日

文学之路，可谓"路漫漫其修远"，而我深受美文诱惑，决定穷其一生上下求索。文学还分了很多门类，一定要选适合自己的，选错了那就是"一步踏错终身错"。才刚刚起步的我，没有选择高深的文字研究和深奥的古文，而是选择了识字人都能干的事——写作。写作容易，但要写出美文，写出名气，还是很不容易的，凡一字一句都要细细斟酌，由心而发。贾岛这位伟大的诗人就以"推敲"名噪一时，"吟成一个字，捻断数根须""两句三年得，一吟双泪流"。我平时没事就喜欢听听音乐，其中有一曲《青石巷》的轻音乐，为我带来了灵感，经过一周的构思后，在周末时我就奋笔疾书，一口气写了九页，分别是故事梗概、引言、第一章。虽然没能全部完成，但我并不遗憾，一有灵感就写，权且作为囤稿之用。我还有一个打算，就是到合适的时候再汇编成册，作为我的成长经历和心路历程。

2017年3月29日

关于未解之谜1

世界上有没有外星人？麦田怪圈是怎么形成的？商纣王真的是传说中的暴君吗？《孟子》为何人所作？别急！容我慢慢道来。这些都有着我们不确定的谜底，而我所说仅为一家之言。今天我主要讲"传说暴君"——商纣王！

说起商纣王，我们会联想到几个词：残暴、昏庸、无能。作为商朝的一代昏君，历朝却总有人为他申冤。自周武王大破殷商，商朝从此从历史舞台上消失了。史书中所记载似乎都是对商纣王形象不利的。如：纣王为讨妲己欢心，发明酷刑——炮烙，就是将铁柱烧红，再将人绑在铁柱上烧死，想想多残暴！描写商纣王还有一个非常常用的词——酒池肉林，以酒作池，以肉为林，纣王与宫殿中的所有人终日裸体狂欢，不理朝政，甚至听信谗言杀害比干等一大批忠臣，简直骄奢淫逸、昏聩至极。这样的王朝灭亡在我们看来应该是理所当然的。

但据历史学家考证，纣王名为"帝辛"，"纣"有"残义损善"之意，纣王是后世对他的贬损评价。商纣王的暴君之名可能是"千年积毁"，是周朝战胜殷商之后故意的丑化宣传。常言道："胜者王侯败者贼！"具体的真相需要历史学家进一步考证，利用不断出土的文物典籍还原一个真实的商纣王！我们拭目以待。

2017年3月30日

关于未解之谜2

1647年，英国发现了第一个麦田怪圈；1801年人类发现UFO。这些现象到底是偶然，还是外星人所为？这几期我们为您解码"监视狂外星人"。

据网上疯传，全球各地都有外星人。但前不久某个科学家公布：外星人很可能在入侵地球时就已被环境所扼杀。但如此一来大量UFO活动图片又如何解释呢？有人说那些图是"P"的，用来骗人的，如此一来麦田怪圈便更无法解释了。有人说有数据表明80%的麦田怪圈是人造的，那另外20％呢？如何解释？有人说也可能被动物吃的，但却被一致否决。倒下的那些麦秆有些已经埋进了泥土，而且现场无任何明显的脚印！还记得我们人类飞船——"远走高飞"的纪念品吗？外星人很可能收到了我们友好的信息。"莲花麦田圈"扩大后里面隐藏着佛像，作为中国第一个麦田怪圈，我们很纳闷，难道外星人知道中国人的信仰？

2017年3月31日

每个事物都有两面性，有好就有坏，有阴必有阳……这一点我深有感触。比如：有一档节目评价《喜剧之王》就曾说道："每个喜剧演员都是最能表现悲伤的，《喜剧之王》撕开喜剧面孔，其实是个不折不扣的悲剧。"当我再次回味那期节目时总觉得它给了我们很多启发。

2017年4月1日

今天是愚人节，也是我们春游的日子，在这之前我们也一度怀疑老师口中的春游是不是愚弄我们的。我们背着行囊来到学校后不久后就出发了。旅途虽累，但一路上我们还是"谈笑风生"不亦乐乎，到了场地后，有的打《三国杀》，有的看图书，还有的嚼零食……大约2小时后我们又得背上书包回学校了，为什么每次春游时间都那么短呢？

2017年4月2日

开化油菜地里，一股油油的花香飘荡着。蜂戏蝶舞，一会儿东一会儿西，我们的脚步似乎惊扰了它们，如古人诗云："飞入菜花无处寻！"幸亏我们只是匆匆的来客，面对这些可爱的精灵，我们有的只有抱歉。四月的菜花黄如金太阳，身旁蜂蝶飞舞，好一派生机勃勃的气象。"咔嚓！咔嚓！"是谁的相机在歌唱？和着相机的节拍，我不禁吟诗一首："今日踏青开化里，临近清明无细雨，无意蜂蝶来引路，心系黄花离别情。"

2017年4月3日

"咱们去大东坑呗！"大东坑，一个几乎无人知晓的景点，依靠几条瀑布与清泉竟然赚足了人气，我去过无数次了，因此我不太想去，却被老妈拉上车强行出发。路是坎坷的：碎石路、砖块路、卵石路、苔藓路……每一次都在我欣喜之时被拖着向前，并无奈地敷衍着他们拍了几张照，回去后整个人就倒在了床上，咕咕的肚子等待着丰盛的晚餐。

2017年4月4日

我又回到了千岛湖的怀抱。举起沉重的双手进入了

"作业模式"。好消息就是晚上老妈烧红烧肉。作为吃货的我越想越馋，肚子似乎更饿了，最后只能去拿了根肉肠堵了堵嘴。吃完还不满足，日产水果麦片又被打开了，吃完抹了抹嘴准备正式进入"作业模式"。可是不久老妈的拿手好菜——红烧肉，出锅了！不等老妈的呼叫，我早早地寻着扑鼻而来的香味来到了灶前。作为标准吃货的我，直勾勾地盯着刚出锅的红烧肉，不断地咽着口水，"不管了！"我赶紧用手"抓"了几块放入嘴里，那感觉就一个字"爽"！等我回到书桌前却发现作业只字未动。唉！瞬间天堂到地狱的感觉。

2017年4月5日

家藏儒书百卷，常常细品其中。不令汗牛充栋，却使墨香人家。古人云：书到用时方恨少。我，作为一名"书虫"，书必不离身，每次阅读，就当是心灵做了一次旅游。所有的书都有着意义。即便是简单的漫画《父与子》也有朴实而温情的人生道理。我和很多人一样并不爱课本，却对课外文学情有独钟。闲暇时看一些轻描淡写的小文章，偶尔也会找一本科学严谨的简史，细细品味，放松时也会看一些小幽默……阅读，并不需要刻意，当你真正爱上阅读，你就会对它如数家珍。对于我来说，一本书就是上好的金银细软，而我绝对是个"贪财"的人。

2017年4月6日

有人说人生是一场没有台词的戏，舞台没有限制，心有多大舞台就有多大。在这场戏中我们就是主角，只要你相信心中有一片天地。有人说人只是上帝的玩物，所以我们才会想超过那些平庸的玩偶，做上帝的珍品；有人说生命是从此岸游到彼岸，所以姿态一定要优美；宋小宝说："人生是一趟列车，我不想提前下，我还想当司机呢！"有人数落说："你会很孤单！"不！我有心灵的陪伴！相信自己，超越自己，做自己人生的主角！

2017年4月8日

周五，汪老师给我们上了一节录播课。虽然不止一次来过录播室，但此刻还是有一点儿紧张感。上课铃响了，我们平复了一下心情，老师从容地按下了录制键，开始正式给我们上课。老师先是讲了个例子和解题方法，而我们也有不同的方法不断涌现，所以现场比较积极比较活跃。由于课堂内容是折线统计图，老师又举了许多生活中的例子，如心电图等。终于结束了，显然我们还是有点拘束，一节课下来，由于一直硬挺着腰板，大家都显得疲惫不堪，好在老师给我们发了面包和棒棒糖作为奖励，而我们似乎也是很容易满足的人，一会儿就元气满满，生龙活虎了。

2017 年 4 月 11 日

大脑如糨糊一般，时间匆匆流走，有人想忏悔，有人很欣喜。笔筒中的笔不断少去，书架上的书越来越多，我的想法也多了起来，那一刹那，我发现自己什么也做不成，画画不行、学习不行、背诵不行、电脑不行……每个地方我都有一个大坎，久而久之，坎成了囚禁我的围墙，我的能力被封印了起来！唉……

2017 年 4 月 13 日

"哈哈！我绝对比你高！"这高傲的声音来源于我，我自认为自己绝对能中 90 分线的。"余皓宇，你的！"我自信满满地翻开试卷，心里大吃一惊，"不可能！难道拿错了！"沮丧充斥着我，我仔细搜索着希望，哈哈！有了，一个 1 分的小题我竟然放弃了，让我止步于 90 分数线前。作文满分 30 分，老师把我的满分作文错写成了 25 分。虽然我很沮丧，但我实在不好意思和老师说。认真做好自己吧，毕竟分数是表面的。

2017 年 4 月 14 日

这次分数 92 分，总体来说是个"好面孔"，但检查下来，这块"玉"上还是有不少瑕疵——许多考试时没察觉的小细节，如错字、答题不全等。拿到试卷的那一刻，我惊讶了，因为考试后半场我的鼻子开始"大喷血"，由于血流得比较多，感觉有些迷糊，出考场时我的心忐忑无比，生怕自己垫底，还好卷子出来了，鲜红的92分在飘扬。虽然内心还有一些不甘，如果没有鼻出血我可能会考得更好。

2017 年 4 月 26 日

你相信命运吗？常言道："五十而知天命！"命运应该是恒定不变的吧！平庸的我们也许只是一粒尘埃，被命运玩弄于股掌之间，稍不留神就成了淘汰品。从何时开始，平庸的我们拥有了一种特殊的力量——梦想。也许你的梦想是伟大的、异想天开的；也许你的人生目标是千万富翁、是国家栋梁；也许你想济世救人，普惠众生，也许你想畅游浩瀚星空和蔚蓝大海……平凡的你在追梦的道路上，也许会成为羽翼丰满的凤凰，燃烧生命之光，或是化作一粒微尘，漂流于历史烟河！

2017 年 4 月 27 日

庸人自有庸念，但欲与念，爆发出的是不平凡的力量——追梦的执着。一旦有了前进的动力，就算是豆芽也会冲破山石，这种动力得到长期的发展，将会使你坚忍不拔，最终会在追梦的道路上收获累累硕果。但凡在追梦的道路上受过打击还能坚强站起来的人，才是生命的强者。

2017年4月28日

鬼怪之说，是古人对自然的敬畏，因此《聊斋志异》影响很大，后来越来越多的鬼怪小说出现，到了现在有了很多鬼片。人自古对鬼怪有恐惧感，相信鬼怪乃怨气的化身。文艺作品也常描写鬼怪吸人精气，使很多人心生恐惧。因此，为求保护，从而有了道士一职。所谓"道士捉鬼"就是道士手持桃木剑、袋装驱鬼符、口念咒语施法驱鬼。阴阳八卦镜是他们的"驱鬼利器"，当然法器远远不止这么几种。世上并没有鬼怪，它或许只是信仰般的存在，是约束人们道德的一种很好的办法。我讨厌鬼怪，但我希望这份信仰永存！

2017年5月2日

口中的飞沫如同下雨一般，咳嗽不止的我向汪老师请了个假。坐在车上，窗外的云是黑压压的，还不时下着小雨。不仅我的心情沉重，天气也不容乐观，最害怕的是老妈口中的抽血。到了医院立马被拉去化验室，几番抗拒后，开始抽血了，好在医生技术够好，几秒钟就抽完了，似乎感觉不到疼痛。抽出的血红得有些发黑。接着我又去拍了张X片，最终诊断有些小炎症，需要输液治疗，听到"输液"二字，我有些胆怯了，童年时打针的痛让我有了阴影。好在由于学习没有时间，改为了雾化治疗。这种略带苦味的气体很快让我的毛病有了好转，脱离疾病困扰的我又进入了正常的学习状态了。

（完）